플
뢰
레

플뢰레

칼끝에서 피어난 마음

김민성 에세이

Fleuret

차례

꽃이라는 이름을 가진 칼

칼은 사람을 해치기 위해 만들어진 도구다. 여기에 내가 다루는 칼인 플뢰레(Fleuret)의 아이러니가 있다.

플뢰레는 펜싱의 세 가지 종목 중 하나인 에페(Épée)를 연습하기 위해 만들어진 칼이다. 펜싱이 스포츠가 되기 이전으로 돌아가 보자. 마에스트로가 두 수강생의 대련을 보고 있다. 대련의 룰은 단순하다. 상대를 찌른 사람이 득점하는 것이다.

이러한 룰 안에서 경기를 진행하면 한 가지 문제가 발생한다. 두 수강생이 득점하기 위해 서로의 칼을 막지 않고 함께 찌르는 경우가 생기는 것이다. 이러한 행동은 연습에서는 문제가 되지 않지만 실전에서는 치명적이다. 진검을 사용할 경우 상대방과 함께 죽는 행동이 되기 때문이다.

이 문제를 해결하기 위해 고안된 칼의 이름이 플뢰레다. '한 사람이 공격하면 상대방은 그 공격을 막고 공격해야 한다.'는 관습과 칼끝에 꽃(Fleur) 모양의 버튼이 달린 연습용 칼을 만든 것이다.

플뢰레라는 칼이 탄생하던 순간에 사람을 해치는 도구에게 꽃이라는 이름을 붙여준 누군가가 있었다. 나는 펜싱을 하며 그 사람의 마음을 헤아려보곤 했다.

삶이 지난하고 고통스러웠을 때 나를 붙들어준 것은 펜싱이었다. 내향적인 내가 사람들을 만나게 하고 진주, 부산, 원주, 광주를 넘어 대만, 홍콩, 미국, 이탈리아, 슬로바키아, 루마니아로 날아가게 해준 것 역시 펜싱이었다. 칼이 내게 꽤 멋진 삶을 선물해 준 것이다.

펜싱을 하며 썼던 글들을 엮는다. 여기에는 펜싱을 하며 느꼈던 고마움과 기쁨, 환희뿐만 아니라 슬픔과 고통, 두려움이 담겨 있다. 이 감정들의 총체를 사랑이라고 부를 수 있을 것이다. 그러므로 이 책이 온몸으로 무언가를 사랑한 사람의 기록으로 읽히길 소망한다.

2024년 5월

김민성

1장 펜싱하는 마음

나는 나를 발명해야 한다

글쓰기의 방법에는 주제를 정해놓고 쓰는 방법과 글을 쓰면서 주제를 만들어가는 방법이 있다. 어쩌면 다 쓰고도 주제를 찾지 못할 수도 있다. 다 써놓고 보면 이런 것이다. 뭐지 이게?

인생에 관해서는, 후자의 방법이 보통이라고 생각한다. 태어나면서부터 뭘 해야할지(주제) 정하고 태어나는 사람은 없기 때문이다. 타인에 의해 그렇게 정해지는 사람도 있지만 그런 사람의 삶은 불행해진다. 이 주제라는 걸 사는 이유 내지 사명, 꿈 등으로 이야기할 수 있을 텐데 우리는 살면서 그걸 찾아간다는 말이다. 싯다르타가 출가를 결심하고 예수가 광야에서 고난을 받은 나이도 서른 즈음이었다. 성인들도 자신의 뜻을 찾는데 이렇게 오랜 시간이 걸린다.

문제는 이것이다. 나라는 인간이 이상한 분야의 결합

으로 구성되어 있다는 것. 나는 펜싱을 하고 시를 쓴다. 그리고 생활인으로서 돈을 번다. 이 세 분야는 연관성이 희미하다. 지난 1년 나는 세 분야를 오고 가는데 애를 먹었다. 낮에는 일을 하고 저녁에는 펜싱을 했다. 시는, 가끔 썼다. 분야를 바꿀 때마다 스위치를 껐다 켜야 하는 기분이었다. 세 분야 사이에는 이를테면 독일 본의 펜싱 클럽과 고려대학교 국문학과 서관 강의실, 사입할 제품을 고르는 중국 타오바오만큼의 간극이 존재했다. 그것을 뛰어넘는 일은 쉽지 않았다. 자꾸 무언가를 놓쳤고. 시간은 관리하고 관리해도 관리해야 했으며. 시는, 거의 못 썼다.

이뿐이랴, 사업만 해도 여러 종류였으니. 머릿속이 자꾸 시끄러웠다. 그러다 오늘 청소를 하며 이런 생각을 한 것이다. 나라는 인간을 통합시켜야겠다.

나는 대뜸 결론 내린다. 통합이 아니라 유기적인 관계. 그 정도가 자연스러울 것이다. 왜 하나의 무늬지만 음과 양으로 분리되어있는 태극처럼. 중요한 것은 음과 양이 교류하는 것이지 음과 양을 하나로 합치는 게 아니다.

우선 사람이 하는 일을 쓸데없는 일과 쓸모 있는 일로 나눠보자. 자주 쓰는 단어로 말하자면 무용한 일과 유용한 일이다. 나는 삼십 대가 되기 전까지 서점에서 자기계발서 쪽은 쳐다보지 않았다. 대부분 시와 소설책을 들춰보고, 가끔 창업에 관한 책을 봤다. 이때 내 구분에 의하면 시와 소설은 무용한 책들이다. 문학이란 대개 우리가 먹고 사는데 쓸모가 없기 때문이다.

무용과 유용을 실존과 생존이라고 바꿔도 좋겠다. 우리는 돈 없이 생존할 수 없다. 집에서 살 수 없고 먹을 수 없고 마실 수 없다. 한편 나는 문학 없이, 펜싱 없이 실존할 수 없다. 이것은 나의 존재와 관련된 일이다. 시와 펜싱은 나를 나로 만들어주는 핵심적인 어떤 것이다.

둘 중 한 가지가 더 중요한 것은 아니다. 인간은 두 가지 모두를 갖춰야 한다. 특히나 생존, 돈이 가장 가치를 갖는 지점이 있는데, 첫째는 돈과 시간을 교환할 수 있다는 점이다. 사업 소득이나 자산 소득이 늘어난다면 돈을 벌 시간에 다른 일을 할 수 있다. 적고 보니 이건 돈과 시간을 교환한다기보다, 돈에게 내줬던 나의 시간을 다시 찾아온다는 것에 가깝다. 돈으로 시간을 사는 게 아니라, 본래 내가 가졌던 시간을 찾아오는 것이기 때문이다. 언제부터 인간은 돈을 버는 데 시간을 쓰게 되었나? 이건 너무 다른 주제이므로 다음에 이야기해보자. 내가 이렇다.

돈이 가치를 갖는 두 번째 지점은 나와 사랑하는 사람을 지키는데 돈을 쓸 수 있다는 점이다. 아프면 병원에 가야 한다. 높은 수준의 의료 서비스를 받기 위해서는 많은 돈이 필요하다. 나는 이십 대를 통과하면서 이 사실을 체험했다. 아프지 않아도 안전한 곳에서 생활하기 위해, 건강하게 살기 위해, 곤궁을 해결하기 위해 돈은 필요하다.

그러니까 내가 돈을 버는 이유는 이것이다. 1차원적으로는 생활을 영위하고 사회생활을 하기 위해. 2차원적으로는 사랑하는 사람을 지키고 나의 시간을 회복하기 위해. 오, 이렇게 말하고 나니 좀 근사한 기분이 든다. 나는 사랑하는 사람을 지키고 나의 시간을 회복하기 위해 돈을 법니다…. 생활하기 위한 노동은 숭고하고 사랑과 자유를 위한 노동은 아름답다.

이쯤 되니 사진도 그림도 없는 이 긴 글을 누가 읽을까 싶지만, 계속 쓴다. 누군가 보면 좋겠지만 독자를 상정하고 쓰는 글은 아니니까. 이건 다른 것보다 나를 발명하기 위한 글이다.

돈에 대한 이야기를 했으니 시와 펜싱에 대한 이야기를 해봐야겠다. 시와 펜싱을 왜 하는가? 이걸 이야기하기 위해서는 시와 펜싱을 왜 시작하게 됐는지를 더듬어봐야겠지.

시는, 내가 잘 쓴다고 생각해서 썼다. 대개 사람은 잘하는 일을, 좋아하게 된다. 그렇다고 시를 잘 써서 좋아하게 됐다는 건 아니다. 시를 좋아한 게 먼저였는지, 시를 잘 쓴다고 생각하게 된 게 먼저였는지 모르겠다. 어쨌든 나는 이십 대 초반에 재능을 인정받았고, 나 스스로도 그렇게 믿었다. 그 믿음은 변함이 없다.

10년 남짓한 시간 동안 대개는 혼자 썼다. 학교에서 국문학과 수업을 들었으나 창작에 관한 수업은 아니었고, 졸업 후 각종 아카데미의 수업을 들었으나 대개의 수업은 합평으로 이루어졌다. 방법론 없이 스킬 없이 쓴 셈이다. 이렇게 써서 얻은 게 있지만, 이렇게 썼기 때문에 시간도 오래 걸렸다. 장님은 눈 뜬 사람이 모르는 코끼리 다리의 질감과 주름과 주름 사이의 깊이, 냄새를 알 수 있지만. 그만큼 코끼리를 그리는데 오래 걸린다. 장님은 코끼리를 그리기 위해 하나를 만지고 하나를 기록하고, 하나를 만지고 또 하나를 기록하고, 뒤에 만졌던 걸 잊지 않기 위해 다시 기록을 들춰보는 과정을 거쳐야 한다. 그런데 꼭 코끼리를 다 그려야 할까? 코끼리의 간지럼 스폿 찾기 같은 대회에서라면 장님이 눈 뜬 사람보다 유리할지도 모른다.

그렇게 시를 썼다. 최근 들어서는 시의 방법론에 대해서 고민을 하고 있고. 이 방법론이 어느 정도 정립되면 시 쓰기에도 속도가 붙지 않을까 싶다. 이른바 숙련자가 되는 거겠지. 이건 내가 펜싱에서 경험한 것이기도 하다. 테크닉이 생긴다는 말이다. 한편 나는 모든 분야에 있어 본질을 배운 이후에 테크닉을 연습해야 한다는 의견을 갖고 있다. 다행히도(?) 나는 어쩔 수 없이 그런 길을 걸어왔다. 이렇게 오래 걸릴 줄 알았으면 나도 좀 생각이 달라졌겠지.

재능에 있어서 펜싱은 시와는 딴판이다. 나는 본래 운동 신경이 무척 없는 편이다. 초등학교 때도 달리기 꼴찌를 하곤 했고. 중·고등학교 체육 시간에는 뭘 할지 몰라서 구령대에 앉아 있곤 했다. 그런 내가 어떻게 펜싱을 하게 됐는지 지금 생각해보면 기적이 따로 없다.

펜싱도 당연히 처음에 못했다. 동호인 대회에서 예선 전패 탈락을 밥 먹듯이 했다. 긴장도 많이 해서 처음 대회에 나갔을 때는 시야가 깜깜해지기도 했다. 이건 비유가 아니다. 말 그대로 바로 눈앞만 빼고는 양옆과 위아래가 시커멨다. 나중에 알게 됐지만 이런 걸 블랙아웃이라고 하더라.

그래도 펜싱이 좋았고.

그러니까 이 부분이 본질인 거 같다. '그래도' 펜싱이 좋았다. 펜싱을 좋아해서 연습을 열심히 하고 성적을 내고 해외 대회에서 메달을 따고 계속 위로 올라가고…. 이런 얘기를 하는 건 신나지만 지금은 다룰 얘기가 아니다. 중요한 건 '그래도' 펜싱이 좋았다는 것. 왜?

우선 펜싱이라는 종목의 특성이 좋았다. 펜싱을 몸으로 하는 체스라고 한다. 수 싸움을 해야 한다는 말이다. 어릴 때부터 장기나 체스 같은 종목을 좋아했기에 분명이 점에 끌렸을 것이다. 그리고 그전에, 나는 칼에 대한 낭만이 있었다. 어릴 때는 밤을 새워 무협지를 보곤 했다. 그러니까 칼싸움 자체가 주는 매혹도 있는 것이다. 게다가 느리지만 연습할수록 성장하는 내가 보였다. 펜싱에는 분명한 체계가 있었고 그 체계를 더듬어가는 즐거움도 있었다. 생각해보면 펜싱을 배운다는 건 하나의 외국어를 배우는 것과도 같다. 펜싱만의 문법이 있고. 내가 가진 언어로 가지고 다른 사람의 경기를 풀이해볼수도 있다. 고수들의 경기는 두 사람이 만드는 시와 같았다. 두 선수의 방법론이 있었고, 단계가 있었고, 도약

이 있었고, 이유가 있었고, 논리가 있었고, 의외성이 있었고. 서로의 시간을 건 헌신과 인내와 사랑이 있었다.

정리하면 이렇다. 나는 시를 잘해서 좋아하게 되었고 (혹은 동시에 잘하고 좋아했고), 펜싱을 좋아해서 숙련자가 되었다(잘한다고는 말 못하겠다). 잘하는 것과 좋아하는 것. 살면서 둘 중 하나를 찾는 것도 어려운 일이다. 그런데 나는 둘 모두에 해당하는 걸 두 가지나 찾았으니 행운아라고 할 수 있다.

삼십 대에 접어들면서 내가 마주한 문제는 이것이었다. 잘하고 좋아하는 일이 돈이 되고 있지 않다는 것. 그래서 펜싱 장비 판매 업체인 '펜싱의 계절'을 시작했고, 이전부터 알음알음하던 자기소개서 첨삭 서비스를 본격적으로 시작했다. 지난 1년은 이 둘을 잘 키워내기 위해 고군분투한 1년이었다.

펜싱과 시로부터 유용한 활동(사업)이 탄생한 것이다. 물론 자기소개서 첨삭은 시와 직접적으로 연결된 것은 아니다. 시와 자기소개서는 서울숲 트리마제와 남

극 세종기지만큼의 차이가 있다. 어쨌든 글을 써서 하는 일이라는 공통점이 있으니까.

반면 펜싱 장비를 파는 일은 재미있다. 장비를 판매하는 과정이 내가 쓸 장비를 찾는 과정이기도 하기 때문이다. 더 좋은 품질에 더 낮은 가격으로. 그러니까 나는 '펜싱의 계절'의 운영자인 동시에 소비자인 셈이다.

나는 펜싱에서 시를 보고 시에서 펜싱을 보기도 하기 때문에 둘 사이는 이미 희미하게 연결되어 있다. 그렇다면 펜싱과 시, 사업 세 분야의 관계는 다음과 같겠다.

펜싱 ⟷ 시
펜싱 → 사업 ← 시

사업에서 번 돈으로 내가 생활을 영위하며 펜싱을 하고 돈 안 나오는 시를 쓸 수 있으니 이런 관계 역시 성립할 것이다.

펜싱 ← 사업 → 시

이걸 통해 우리는 유용한 일이 있어야(생존할 수 있어야) 무용한 일도 할 수 있다는(실존을 고민할 수 있다는) 걸 알 수 있다.

그런데 한편으로 실존을 고민해야 김민성이라는 인간이 존재자로 존재할 수 있기 때문에 무용한 일을 해야 유용한 일을 할 수도 있다고 말할 수 있다.

모든 부등호를 합치고 도식화하면 다음과 같다.

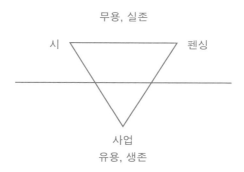

이 삼각형 위에서 김민성이라는 인간의 생활이 발생한다. 자, 드디어 나라는 인간의 지도를 대략적으로 밝

혀냈다. 그런데 애초에 이 글을 쓰기 시작한 목표는 시와 펜싱, 사업을 연결하는 것 아니었던가? 나는 여전히 시를 쓰다 일을 할 때, 일을 하다 펜싱을 하러 클럽에 갈 때 스위치를 껐다 켜야 한다. 이 셋을 더 부드럽게 연결할 수 있는 방법이 없을까? 반대로 셋을 분리해서 내버려두는 게 좋은 일일지도 모른다. 생활인으로서의 김민성과 펜싱 선수로서의 김민성, 그리고 시인으로서의 김민성. 어쩌면 그러한 분리를 위해 시인은 필명을 쓰고 래퍼는 랩네임을 만드는 건지도 모르지.

그러나 여전히 나는 내 안의 각기 다른 셋을 연결하고 싶은 욕망이 있고. 이것은 삼십 대에 찾아온 자아실현 욕구의 도래인지 아직은 알 수 없다. 일단은 이런 의식을 갖게 되었다는 게 중요하다. 세 분야가 보다 유기적으로 연결된 김민성. 나는 나를 발명해야 한다. 계속해서.

검의 대화

검의 대화(Phras D'Armes)는 펜싱에 대한 오래된 은유다. 이 은유는 내게 이런저런 상념을 불러일으키는데, 때때로 나에게 펜싱은 대화보다 자신을 관철하려는 폭력에 가깝게 느껴지기 때문이다.

그러나 의지를 전달하고 실현한다는 측면에서 펜싱이란 정말 검을 통한 폭력보다 대화인지도 모른다. 우리가 펜싱을 할 때 목표로 하는 것은 상대를 찌르고 종국에는 승리하는 것이다. 그런데 문제는 내가 찌르고 싶다고 상대를 찌를 수 없다는 데 있다. 지금도 수많은 펜싱 클럽에서는 다음과 같은 말이 들려온다.

빠르다고 해서 찌를 수 있는 건 아니다.

그렇다. 내가 무작정 빨리 찌른다고 해서 상대를 찌를 수 있는 것은 아니다. 어느 정도 기본을 갖춘 상대를 찌르기 위해서는 상대를 속여야 한다. 그리고 상대를 속이기 위해서는 상대와 맞춰서 펜싱을 해야 한다. "혼자하지 마라." 둘 사이에 암묵적으로 통하는 기반이 있기 때문에 역설적으로 상대를 속일 수 있게 된다. 우리는 리듬에 맞춰 춤을 추게 된다. 그리고 그 춤을 주도하는 사람이, 자신의 리듬 속으로 상대를 끌어들이는 사람이 더 승리에 가까워진다.

이건 대화를 통한 설득과도 같다. 어리고 유약한 상대방이 아닌 이상, 논리 없이 욕설로 윽박지른다고 해서 내 주장을 설득시킬 수는 없다. 대화를 주고받으며 하나씩 상대의 주장을 쓰러뜨려 나가야 한다. 중요한 것은 상대다. 당연하게도 펜싱은 둘이 하는 것인데, 나는 이 사실을 잊고 펜싱을 한 적이 많다. 나뿐만이 아닐 것이다. 펜싱은 내 눈앞의 상대와 하는 것이다. 저번 상대에게 통했던 말이 이번 상대에게는 안 통할 수도 있다. 상대에 맞춰서, 항상 현재의 펜싱을 해야 한다.

내가 특히 많이 하는 실수 중 하나는 눈앞의 상대를 두고 다른 상대를 염두에 두는 것이다. 말하자면 이런

식이다. 키가 작은 상대방과 게임을 뛴다고 하자. 키 차이를 이용해서 상대를 찔렀다고 하자. 그러고 나서 이런 생각을 하는 것이다. "이런 방식은 키 큰 상대에게는 안 통할 텐데."

키 큰 상대와 할 때는, 혹은 빠른 상대와 할 때는 또 다른 생각을 한다. "빠르게 공격 안 하는 사람이랑 뛸 때는 어떻게 하지?" 이걸 A와의 대화로 비유하면 다음과 같다. "B는 그렇게 생각 안 하던데, 너는 왜 그렇게 생각해?", "내 말을 이해해줘서 고마워. 그런데 B는 그렇게 안 받아들일 것 같아. 그러니까 이 말은 안 하는 게 좋겠어." 이런 말들은 대화라고 할 수 없다.

모든 사람에게 통하는 펜싱 같은 것은 없다. 이상도, 정답도 없다. 지금, 현재 눈앞에 있는 상대방에게 통하는 해답이 있을 뿐이다. 그 해답도 내일이면, 아니 이 게임이 끝나면 더는 해답이 아니게 된다. 우리는 항상 새로운 펜싱을 해야 한다. 눈앞의 소중한 상대와. 서로가 있어 우리는 더 나아갈 수 있다.

펜싱 선수의 진화

알파고 이후 바둑 기사들의 기풍이 알파고처럼 변화하고 있다는 기사를 본 적 있다. 그런데 기사마다 타고난 기질이 다른데 모두가 알파고처럼 바둑을 두는 게 가능할까? 바둑을 둘 때면 성향에 따라 자기도 모르게 수비적으로, 혹은 공격적으로 두게 되지는 않을까?

이런 생각을 한 건 최근 '특장점'에 대한 고민을 하고 있기 때문이다. 나는 언젠가 펜싱의 모든 상황, 기술을 분석하고 최고의 판단을 내리는 펜싱 기계를 상상한 적 있다. 펜싱이 '몸으로 하는 체스'라면 펜싱 알파고도 가능하지 않겠는가? 나는 그런 펜싱 기계에 가까워지고자 했다.

그러나 그것은 어쩌면 불가능하거나, 무척 달성하기 어려운 길이다. 내가 인간이기 때문이다. 인간에게는 타고난 성향이 있고, 그 성향에 맞지 않는 선택을 할 때면 불편함을 느낀다. 이를테면 나는 펜싱을 처음 했을 때부터 수비를 공격보다 편하게 느꼈다.

그렇다면 기본적으로 모든 부분을 일정 수준 이상으로 끌어올리되, 자신의 성향에 맞게 스타일을 만들어야 할 것이다. 언젠가 선생님은 이런 말씀을 하셨다. "네가 제일 잘하는 건 뭐냐? 언제나 할 수 있는 자신만의 것을 가지고 있어야 한다." 또 이런 말씀도 하셨다. "완벽한 펜싱 선수란 없다. 그런 선수가 있다면 항상 15:0으로 이기겠지."

완벽한 펜싱 선수란 어쩌면 내가 상상했던 펜싱 기계일 것이다. 그러나 그런 선수는 없다. 우리가 아는 어떤 선수도 항상 15:0으로 못 이길 뿐더러 항상 이기는 것조차도 불가능한 일이다.

이를 시의 세계에 비유해보면 의미가 더 명확하게 드러난다. 세상에 절대적으로 좋은 시란 없다. 각각의 스타일을 가진 좋은 시들이 있을 뿐이다. 심보선, 이원, 김연덕, 황인찬 같은 시인들은 절대적으로 우수한 시인이 아니라 각자의 세계를 구축한 좋은 시인들이다. 그러한 시와 시인들은 각자의 자리에서 밤하늘의 별처럼 빛나고 있다.

펜싱 선수가 지향해야 할 모델 역시 '완벽한 펜싱 기계'가 아닐 것이다. 자신이 가진 성향을 기반으로 특장점을 개발하고 스타일을 만들어 가야 한다. 인간의 진화는 기계의 방식으로 이뤄지지 않는다.

내가 할 수 있는 펜싱의 전부

어느 날 문득 설거지를 하다가 알았다. 상상 속 국제 대회에서 펜싱하는 내 모습과 국내 전문 선수 대회에서 펜싱하는 내 모습이 다르다는 것을. 국제 대회에서 펜싱을 하는 내 모습은 자신감에 차 있고 과감하다. 여유가 있고 몸의 움직임은 원활하다. 명쾌하게 상황을 판단한다.

반대로 국내 전문선수 대회에서의 내 몸은 긴장되어 있다. 심판이 시작을 알리는 순간부터 어떻게 해야할지를 고민한다. 상황을 분석하고 행동하기 보다는 성급하게 상대방에게 달려들고 몸을 어떻게 움직여야 할지를 고민한다. 그 결과 움직임은 부자연스럽다.

이 차이는 어디에서 올까. 대만 대회보다 국내 전문 선수 대회의 수준이 높기 때문일까? 그건 아닐 것이다. 수준이 높은 미국 NAC 대회를 뛰었을 때도 나는 자신감에 차 있었기 때문이다. 그럼 국내와 해외의 차이일까? 그건 어딘지 좀 이상하다. 해외에 가서 오히려 긴장을 하면 모를까. 사실 나는 답을 알고 있다. 동호인으로 펜싱을 시작했다는 점 때문에 스스로 주눅이 드는 것이다.

그러나 이성적으로 판단했을 때 나의 출신과 실력 사이에는 상관관계가 없다. 대회가 이루어지는 외부 요인과 내 실력 사이에도 상관관계가 없다. 상대가 잘하든 못하든, 상대가 전문선수이든 아니든, 국내든 해외든, 내 실력은 동일하다. 내 앞에 누가 있고 내가 어디에 있든, 나라는 펜싱 선수가 지금까지 노력으로 쌓아온 나라는 사실에는 변함이 없다.

상상 속의 나에게 이야기한다. 긴장할 필요 없어. 어차피 내가 발휘할 수 있는 것은 내 안의 실력이니까. 상대가 어마무시하게 빠르고 기술이 매우 정교해도 괜찮아. 내가 할 수 있는 건, 내가 가진 것으로 최선을 다해 싸우는 것 뿐이야. 승패는 나의 소관이 아니야.

자신있고 과감하게, 싸워볼만 하다는 태도로. 이길 수 있는 방법을 찾아 죽을 힘을 다해서. 그렇게 해서 이겼다면 잘 싸운 것이다. 졌다면, 어쩔 수 없다. 최선을 다했다면 거기까지가 그날의 나의 도달점인 것이다. 그곳에서부터 다시 노력을 쌓으면 된다.

실력은 외부 요인에 따라 결정되지 않는다. 실력을 결정하는 건 평소 해온 훈련이다. 훈련을 통해 실력을 높이고, 그것을 시합에 나가 극한까지 발휘하는 것. 그것이 내가 할 수 있는 펜싱의 전부라고 나는 믿는다.

플뢰레

펜싱의 세 종목 중 플뢰레는 본래 펜싱을 연습하기 위해 고안된 칼의 이름이다. 어떤 이가 훈련 중에 사람이 상하지 않도록 칼끝에 꽃 모양의 버튼을 달았고 그것이 곧 칼의 이름이자 종목의 이름이 되었다. 나는 간혹 칼끝에 꽃을 단 이의 마음을 생각한다.

펜싱은 단순하게 말해 칼로 상대를 찌르는 종목이다. 칼이 상대를 해치기 위해 만들어진 도구라면 꽃은 인간 사회에서 전통적으로 마음을 전달하는 매개체였다. 그렇다면 플뢰레를 만든 누군가는 생사가 오가는 결투 속에서도 마음을 전달하기 위해 애쓰던 이였을지도 모른다.

쇠로 만들어진 도구로 마음을 주고받는 일이 가능할까. 인간은 때로 독이 되기도 하고 꽃이 되기도 하는 도구를 사용한다. 바로 말(言)이다. 인간은 대화를 통해 마음을 전달하고 이해와 오해를 반복한다. '검의 대화'는 펜싱에 대한 오래된 은유이기도 하다.

단순히 빠르다고 해서 상대를 찌를 수는 없다. 상대를 찌르기 위해서는 상대를 속이기 위한 과정이 필요하다. 체스에서 체크메이트를 외치기 위해 여러 수순을 밟아가듯 펜싱 선수는 칼로 대화하며 상대를 설복해 나간다. 순식간에 지나가는 선수들의 동작에는 그러한 과정이 담겨있다.

대화하기 위해서는 상대와 리듬을 맞춰야 한다. 혼잣말이나 억지 주장은 아무것도 설득하지 못한다. 두 선수 사이에 암묵적으로 통하는 코드가 있기 때문에 역설적으로 상대를 속일 수 있게 된다. 리듬 속에서 능동적으로 춤을 주도하는 사람이 한 발짝 더 승리에 가까워진다.

설득 끝에 마주하게 되는 것은 무엇인가. 옛 결투에서 그것은 핏방울이었다. 먼저 피를 흘린 자는 패배를 인정해야 했다. 현대에 와서 펜싱 선수는 피를 흘리지 않는다. 대신 찔린 자리에서 전기 신호가 발생해 심판기가 득점을 알린다. 피가 흐르던 칼날에는 이제 전기가 흐른다.

칼뿐만이 아니다. 칼에는 전기가 통하는 와이어가 꽂혀 있고 와이어는 선수의 옷 속을 통과하여 밖으로 나와 심판기에 신호를 보낸다. 심판기는 두 선수가 서있는 피스트와 전선으로 연결된다. 펜싱 경기는 하나의 자장 속에서 이뤄지는 것이다. 전장(戰場)은 전장(電場)이 된다.

그렇다면 전기란 마음에 다름 아닐 것이다. 쇠로 만들어진 도구 속에 마음이 깃든다. 마음은 곧게 뻗어 나가 상대에게 닿기도 하고 채찍처럼 휘어 상대의 등을 찍기도 한다. 때로 상대의 마음이 뱀처럼 내 마음을 타고 들어오기도 하고 상대의 마음이 내 마음을 쳐내기도 한다.

마음은 부러지기도 하는가. 펜싱 칼의 재질인 마레이징강은 로켓을 만드는 데 쓰이는 철합금이라고 한다.

그렇게 단단한 칼을 나는 한 달 만에 부러트리곤 했다. '칼은 새를 잡듯이. 너무 살짝 쥐면 새는 도망갈 것이고 너무 꽉 쥐면 죽을 것이다.' 오랜 격언을 실천하지 못한 탓이다.

마음을 다루는 일은 그토록 섬세해야 한다. 한때는 수십 자루의 부러진 칼날을 따로 모아놓기도 했다. 길이는 제각각이었고 상한 자리는 날카로웠다. 남들이 가지 않는 길을 가느라 이리저리 꺾인 나의 마음 같아 보였다. 훈련하던 클럽을 옮기던 날 부러진 칼날을 모두 버렸다.

칼은 도구일 뿐이다. 칼이 꺾여도 마음은 남는다. 요즈음의 궁리는 손안의 새에게 자유를 주는 것이다. 허공에는 칼이 다니는 길이 있다. 부단히 길을 닦아 막힘이 없어질 때 새는 한없이 가벼워질 것이다. 그때 나로부터 뻗어 나간 꽃이 상대의 가슴 속에서 환하게 피길 바란다.

● 　현대제철 사외보〈푸른 연금술사〉에 삽입된 글

종소리를 대신 들어주는 사람

새벽 오한이 들어 일어났다. 아픈 이유를 떠올려보았으나 알 수 없었다. 이유가 없었기 때문이 아니라 짐작가는 이유가 너무 많았기 때문이다. 팔꿈치 맞은 곳에 염증이 생겨서일 수도 있고, 도복을 입은 채로 찬바람을 맞았기 때문에, 땀에 젖어 있었기 때문일 수도 있었다. 그래도 일어나서 레슨을 받으러 나갔다. 저녁 운동을 가다가 집으로 돌아왔다. 거기까지가 한계였다.

예나 지금이나 같은 마음은, 펜싱을 잘하고 싶다는 마음. 아직도 부족한 점이 너무 많다. 하면 할수록 이건 나와의 싸움이라는 생각이 든다. 수없이 지더라도 어느 순간엔 내가 나를 이길 것이다. 한순간 완성되고 싶다.

아픈 것이 유일하게 좋았던 이유는 고양이 제리 프리와 하루 종일 함께 한 일이었다. 제리는 항상 내 발소리를 듣고 내가 계단을 올라가기 시작할 때 미리 현관문

앞에 나와 기다린다. 제리와 같은 방향으로 돌아누워 함께 종일 잤다.

집에 있는 동안 한 유일한 무언가는 현대문학 6월호를 다 읽은 것이다. 6월호를 사며 나는 이런 다짐을 했다. '이걸 다 읽기 전까진 시를 쓰지 않을 거야.' 나는 내가 시에 진심인지 궁금했고 한 번도 읽어보지 않은 문예지 공모전에 응모하는 내 태도가 싫었다.

전에 산 문예지 있잖아. 그거 다 읽었어. 이런 이야기를 하자 여자 친구는 '종소리가 들린 것 같아'라고 했다. 내가 들을 수 없는 종소리를 대신 들어주는 사람이 있어 고맙다.

종소리를 대신 들어주는 사람이 있는가 하면 부탁하지 않은 비난을 건네는 사람도 있다. 넷플릭스 영화 〈허슬〉에서 농구선수 '보 크루즈'는 상대의 트래쉬 토킹으로 제 실력을 발휘하지 못한다. 그가 선택한 방법은 상대의 말을 못 들은 척하는 것이다. 이 방법은 유효한 듯 보였으나 곧 딸에 관한 트래쉬 토킹에 보는 한 번 더 무너진다. 영화의 마지막, 보는 다른 방법을 취한다. 더이상 상대 선수의 말을 기다리지 않는다. 못 들은 척하지 않는다. '덤벼봐', '한번 해봐'. 먼저 나서서 싸운다.

나도 이제 세상이 나에게 하는 말을 못 들은 척하지 않을 것이다. 원망을 들어도 좋다. 적극적으로 싸우겠다. 곁에 있는 사람의 삶에 울려 퍼지는 종소리에 귀 기울이면서.

일류가 되는 방법

1년 전쯤 일이다. 백 번을 넘게 뛰었는데 한 번도 못이겨봤던 선수에게 처음으로 이긴 적이 있다. 그런데 그날, 나는 반대로 열에 아홉은 이기던 상대에게 졌다. 무슨 일이 일어난 걸까?

사실 누구보다 그 이유를 잘 알고 있었다. 움직이지 않고 통밥으로 뛰었기 때문이다. 게으르게, 상대를 존중하지 않고 뛴 것이다.

중학교 때의 일이다. 무슨 바람이 불었는지 갑작스럽게 시험을 잘 보고 싶다는 마음이 들었다. 그래서 항상 전교 일등을 하던 같은 반 친구를 따라했다. 친구는 수업 시간 선생님의 모든 말씀을 노트에 받아적었다. 농담까지. 나도 그렇게 했다.

여기에 더해 그 당시 시골 동네에서는 개념조차 희미

하던 '선행학습'을 혼자서 했다. 중간고사라고 해봐야 시골 중학교 시험 범위가 많으면 얼마나 많을까. 개학하기 전에 나는 이미 모든 진도를 다 나간 상태였다. 그 결과 전과목에서 두 문제를 틀리고 전교 일등을 할 수 있었다.

그 다음에도 나는 계속 일등을 했을까? 그러지 못했다. 같은 노력을 지속하지 못했기 때문이다. 반면 평소에 일등 하던 친구는 이후에도 대부분의 시험에서 일등 자리를 놓치지 않았고, 끝내 우리 동네에서는 상상하기 어렵던 대학에도 진학했다.

나와 그 친구의 차이는 이것이다. 나는 일등이 되는 노력을 잠깐, 일순간 했고 그 친구는 학창시절 내내 했다는 것.

어쩌다 한 번 일등은 쉽다. 하지만 결과가 원하는대로 나오지 않더라도, 최고가 되기 위한 노력을 계속해서 하는 것은 어렵다. 그 어려운 걸 계속 하느냐 마느냐가 일류와 일등의 차이라고 생각한다.

펜싱 이야기로 돌아와 돌이켜보면, 나보다 잘하는 선수를 이긴 이유 중 하나는 그 선수가 개인 사정으로 훈련을 잠시 쉬었다는 것이다. 훈련을 쉬니 평소에 찌르던 타이밍에 빠스(Passe)* 가 났다. 새삼스럽게도 펜싱은 평소 생활까지 겨루는 종목인 것이다.

성실한 훈련과 부지런한 경기는 펜싱에 있어 하나의 윤리라고 나는 생각한다. 선수라면, 마땅히 그래야만 하는 것이다. 그리고 이 윤리 실천의 시작은 바로 '자세'다.

이탈리아의 다니엘레 가로초(Daniele Garozzo)** 선수를 생각하면 한결같은 그의 갸르드(Garde)*** 자세가 떠오른다. 전설적인 선수인 발렌티나 베잘리(Valentina Vezzali) 역시 처음부터 끝까지 한결같이 낮은 자세로 상대를 물고 늘어진다.

---

*   칼이 상대 타깃을 스쳐 지나가는 것
**   이탈리아의 플뢰레 국가대표 선수
***   공격이나 수비를 동시에 준비하기 위해 선수가 취할 수 있는 가장 유리한 자세

한결

[부사] 1. 전에 비하여서 한층 더

'한결'의 사전적 의미는 '전에 비하여서 한층 더'이다. 그런데 '한결같이'라는 표현은 '처음부터 끝까지 변함없이 꼭 같이'라는 의미를 갖고 있다. 처음부터 끝까지 변함없는 게 곧 전에 비하여 한층 더 깊어지는 것과 같다는 뜻일까?

가로초나 베잘리라고 자세를 유지하는 게 쉬울까. 어린 상대면 자기도 모르게 무시하는 생각도 들고 힘들 때는 자세를 높여서 뛰고 싶은 마음도 들 것이다. 오히려 펜싱 선수로서 거의 완성된 이들이기에 다른 이들보다 그런 마음이 더 크게 들지도 모른다.

그래도 그들은 한결같이 한다. 앞에 누가 있든 한결같이 자세를 낮추고 게임을 뛴다. 그게 일류의 시작점이다.

상대는 죽여 없애야 할 적이 아니다

상대를 두려워하는 내 마음이 있을 뿐이다. 상대를 이긴다고 해서 내가 잘난 사람이 되는 게 아니고 상대에게 진다고 해서 내가 못난 사람이 되는 게 아니다. 기준이 상대에게 있으면 금세 자만했다가 금세 위축된다. 자신감은 상대를 필요로 하지만, 자존감은 상대를 필요로 하지 않는다.

상대보다 내가 우월하다는 걸 표현하려고 하면 흥분하고 동작이 커진다. 잘못된 판단을 내리게 된다. 중요한 건, 상대를 포함한 환경 속에서 올바른 판단을 내리는 것이다. 게임은 냉정해야 한다. 피스트는 상대보다 우월하다는 걸 보여주는 자리가 아니라, 더 나은 내가 될 수 있는 기회의 공간이다.

상대는 죽여 없애야 할 적이 아니다.

상대 덕분에, 나보다 잘하는 사람 덕분에, 나보다 못하는 사람 덕분에, 나는 나를 갱신할 기회를 얻는다. 그래서 많은 사람들이 '자기 자신과의 싸움'이라는 표현을 썼나 보다.

나는 이제 질 준비가 되었다

　조실부모(早失父母)라는 말은 소설이나 인물사 등에서 많이 쓰여 특별할 것 없는 표현이지만, 그 말에 딸려 오는 슬픔까지 평범하지는 않다. 이 말에 처음 발을 디뎠을 때 나는 1년 동안의 기억을 잃기도 했는데 그건 감당할 수 없던 슬픔에 대한 뇌의 방어 기제가 아니었나 싶다. 술을 과하게 마시고 소리를 고래고래 지르거나 술을 마시지 않고 소리를 고래고래 지르기도 했다. 건널목 신호등 앞에 멈춰 하염없이 울기도 했다. 사람을 사귀는 게 무서웠다. 당시에는 그것을 청춘의 표상과 정서라고 생각했으나 이제는 모든 청춘이 그러하지 않음을 안다.

　성인이 되며 나는 나의 감정적인 부분이 훼손되었다는 것을 알게 되었다. 회로가 꼬이고 폐쇄된 느낌이었다. 죽음에 관한 일이 아니라면 감정은 반응하지 않았다. 이는 인간관계에 영향을 미쳤다. 나는 자주 감정이 없는 사람이었고 무심한 기계처럼 말하는 사람이 되었다. 주변 사람들에게 벌어지는 일들과 나에게 벌어지는 일을 모두 무심하게 여겼다. 그 과정에서 많은 관계가 어그러졌다. 간혹 죽음을 떠올리고 꼬였던 회로가 풀릴 때면 둑을 터트리고 터져 나오는 감정에 어찌할 바를 몰랐다. 지구 너머로 날아가 이국의 산골 마을을 내내 헤매기도 했고 백지 위에 폭설처럼 시를 쏟아내기도 했다. 그것은 자신을 향한 애도였고 회복의 액션이었다.

근래 나는 내 마음의 문제를 다시 알아차렸는데 물론 그것은 펜싱 때문이다. 대회를 앞두면 가장 먼저 내 안에 떠오르는 걱정은 잠에 관한 것이었다. 대회 전날 잠을 못 이루기 일쑤였던 것이다. 이렇게 피 말리며 살 수는 없겠다고 생각하던 와중에 대회에서의 움직임에도 문제가 있다는 것을 알게 되었다. 정확도가 떨어졌다. 이에 대해 선생님은 심리학 관점에서 이야기를 해주셨다. 심리학은 인간을 탐구할 때 인식, 정동, 행동 세 가지 도메인을 상정한다. 이 세 가지 도메인은 서로 영향을 주고받는다. 긴장을 하면(정동 영역) 행동에 문제가 생긴다. 그렇다면 긴장은 어디에서 오는가. 현상에 대한 해석(인식 영역)에서 온다는 것이다.

불면은 긴장의 증상이다. 긴장은 두려움에서 온다. 무언가를 두려워할 때 방어 기제가 작동하여 몸은 긴장한다. 긴장한 몸은 제대로 움직이지 않는다. 나는 무엇을 두려워하나. 나는 지고 싶지 않았다. 누구보다 이기고 싶었다. 이 말은 누구보다 지는 것을 두려워했다는 뜻이다.

그러나 이기고 지는 것은 내가 컨트롤 할 수 있는 게 아니다. 내가 아무리 잘해도 상대가 그날 나보다 잘한다면 질 수 있다. 내가 컨트롤 할 수 없는 영역에 집착하니 긴장은 해소되지 않았다. 이제 나는 질 수 있으며 승패는 나의 소관이 아니라는 사실을 받아들인다. 반대로 나는 이길 수 있다. 이제 나는 어떻게 이길 것인지, 이기는 방법에 집중한다. 이기는 모습을 이미지로 그리고 몰입한다.

일찍이 칼과 글을 다루셨던 이순신 장군님께서는 필사즉생, 필생즉사(必死則生, 必生則死)라고 하셨다. 전쟁이라는 특수한 상황에서 하신 말이지만 이 말은 평범한 일상에도 적용될 수 있는 말이라고 생각한다. 나는 오랜 시간을 죽음에게 휘둘렸다. 그러나 죽음을 두려워하면 일상을 충만하게 살아낼 수 없다. 승패 역시 마찬가지다. 패배를 두려워하는 사람은 온전히 자신의 경기를 뛸 수 없다. 반드시 죽고자 하는 마음은 아니지만 이런 마음을 갖추게 되었다. 나는 이제 질 준비가 되었다.

빠라드 리포스트의 시간

답답하다. 화물연대 파업과 독일의 늦은 일 처리, 구매하려고 했던 원자재의 재고 소진, 광저우 봉쇄 등으로 제품 개발과 수입이 늦어지고 있다. 비용은 이미 썼는데 회수는 되지 않는다. 신춘문예 연락을 기다리는 일은 지난하다. 내가 더 생각하고 들춰본다고 무언가 바뀌는 게 아니라는 걸 안다. 마음은 어쩔 수 없기에 마음이어서 들춰보게 된다. 펜싱은 언제 느나. 언제 잘하나. 잘하고 있는 걸까 싶은 생각. 만들어놓은 스타일을 빨리 실험하고 보완해야 하는데 상대가 없고 환경이 없다. 기다려야 한다.

아탁(Attaque)*이 몰이사냥이라면 빠라드 리포스트(Parade Reposte)**는 낚시와 같다. 조금씩 상대를 몰고 가

---

* 팔을 펴면서, 팡트나 플레쉬 등을 통해 실행하는 최초의 공격

** 상대 공격을 막은 후 반격, 즉 막고 찌르기

서 잡는 사냥과 다르게 빠라드 리포스트를 할 때는 슬슬 미끼를 주면서 상대가 물 때까지 인내해야 한다. 쏴라. 쏴라. 쏴라. 물어라. 물어라. 물어라. 이쪽이다. 이쪽으로 쏘면 날 찌를 수 있다. 거기에서 인내하지 않고 뛰어들면 물에 빠지게 된다. 물속은 피라냐의 공간이고 사정없이 물어 뜯긴다.

근래 빠라드 리포스트를 잘하지 못한 건 인내하지 못했기 때문이다. 인내에는 대범함이 필요하다. 상대의 공격을 받아낼 수 있다는 마음. 겁나서, 조급해서 먼저 덤벼들지 않는 대범함. 그런 것이 지금 내게 부족할 것이고 그건 인생에 있어서도 마찬가지일 것이다. 가서 잡아내야 할 때가 있다면 기다리면서, 끌어들여서 단번에 치고 찔러야 할 때도 있다. 이럴 때 펜싱과 삶은 다르지 않다. 인내하자. 지금은 빠라드 리포스트의 시간.

찔려도 내가 찔려야 한다

한계를 돌파하고 싶다. 나의 타고난 성격. 타고 났다고 생각하는 체형. 경제적인 여건. 사업. 운동하는 공간. 지리적인 문제. 시간. 다른 사람을 위해서라고 자위하는 배려나 애정의 탈을 쓴 책임 회피. 나태함. 게으름. 불규칙한 식습관. 불규칙한 수면 시간. 수동적인 태도. 삶에 대해 수동적인 태도. 게임에서의 수동적인 태도. 생각으로 펜싱하는 습관. 약한 척 하는 것. 힘든 척 하는 것. 정리정돈 하지 않는 생활. 부족한 시간 관리. 약속에 늦는 버릇. 나이에 대한 걱정. 나이에서 오는 불안감. 나이를 나태함에 대한 핑계로 삼는 버릇.

이 모든 게 지긋지긋하다. 나를 갑갑하게 애워싸고 있는 기분. 벗어나고 싶다. 찢고. 부수고 벗고 싶다. 소리지르고 싶다. 무언가를 기다리는 태도. 다른 사람이 뭔가 해주길 기다리는 태도. 그런 수동적인 태도. 어슬렁어슬렁 펜싱하는 버릇. 뭔가 된듯이. 뭔가 깨달은 사람처럼 하려는 태도. 상대를 기다리는 태도. 한 발 앞으로 가는 것에 대한 두려움. 겁. 엘리트를 겁내는 마음.

선생님은 항상 그렇게 말했다. 펜싱은 능동이어야 한다. 수동이 되어서는 안 된다. 기다리는 삶의 태도가 펜싱에도 그대로 드러났을 것이다. 그렇게 상대 칼 다 받아주다 찔렸겠지. 찔려도 내가 해보고 찔려야 한다. 어슬렁대는 펜싱. 어슬렁대는 건 펜싱 뿐 아니라 삶이었다. 기다리지 않고 먼저 한다. 내가 선제한다. 삶도 펜싱도.

언젠가 선생님은 그렇게도 말했다. 한계가 아니라 임계다. 임시로 정해놓은 경계일 뿐이다. 그런 말도 했지. 성장 그래프는 노력과 성취가 비례하는 직선 그래프가 아니라 계단식 그래프다. 좋다. 돌이켜보면 한계를 느낄 때는 성장을 앞둔 때였다. 지금도 그럴지 모르지. 그게 임계든 한계든. 돌파하고 싶다. 돌파할 것이다. 경계 너머에 나의 스타일이 있다.

내가 펜싱에서 배운 것 중 하나는 몸을 움직여서 만들어낸 것만이 쓸모 있다는 것이다. 아무리 많이 생각해도 그 생각이 머릿속에만 있다면 쓸모없다. 상대는 내 생각대로 움직여주지 않는다. 통밥으로 살다가는 큰 칼 맞는다.

2장 펜싱하는 태도

꿈의 근처, 이탈리아 프라스카티 펜싱 클럽

2023년 2월 6일, 나는 이탈리아 로마로 가는 비행기에 몸을 실었다.

로마에서 기차로 30분 거리에는 프라스카티(Frascati)라는 작은 도시가 있다. 그곳에는 '펜싱하는 사람들의 성당'이라고 불리는 프라스카티 펜싱 클럽이 있다. 그곳에서 9주 동안 전지훈련을 할 계획이다. 왜 멀고 먼 이탈리아의 작은 도시, 프라스카티 펜싱 클럽이었을까. 그곳을 선택한 이유는 세 가지다.

첫째, 이탈리아의 플뢰레를 배우고 싶기 때문이다. 얼마 전 대한펜싱협회에서는 플뢰레 지도자를 대상으로 공청회를 진행했다. 플뢰레는 에페, 사브르(Sabre) 종목보다 국제 대회에서 좋은 성적을 내지 못하고 있는 상황이었고 그 문제의식을 공유하고 대안을 토론하고자 한 공청회였다.

나는 우리나라 플뢰레의 약세 원인이 인프라나 선수 개인의 노력에 있다고 생각하지 않는다. 인프라는 세 종목 모두 동일하고, 우리나라 선수들의 훈련량은 다른 나라보다 적지 않기 때문이다. 그렇다면 펜싱을 하는 '방법'에 원인이 있지 않을까?

이탈리아 플뢰레 선수들은 오랫동안 정상을 차지하고 있다. 똑같은 양을 훈련하는데 결과가 다르다면 과정에 무언가 차이가 있을 것이다. 프라스카티 펜싱 클럽에서는 2016 리우올림픽 챔피언 다니엘레 가로초를 비롯한 이탈리아 국가대표 선수들이 훈련중이다. 그곳에서 그들의 전략과 전술을 배울 수 있길 기대한다.

둘째, 우수한 선수들과 훈련 후 대회에 나가고 싶기 때문이다. 나는 동호인 최초로 선수 등록을 한 후 전문 선수 대회에 출전하고 있다. 그 과정에서 동호인 엘리트부, 그러니까 선수 출신들이 나오는 대회에서 우승을 하기도 했다. 하지만 현역 선수들이 뛰는 대회에서는 부진을 면치 못하는 상황이다. 내 부진의 가장 큰 원인이 평소 현역 선수와 훈련하지 못하는 환경에 있다고 생각한다.

성인이 된 후 펜싱을 시작한 탓에 전문선수들이 있는 학교나 팀에서는 훈련을 하기가 어렵다. 클럽에서 훈련하다 보니 연습에서 마주치는 타이밍과 속도와 대회에서 마주치는 속도, 타이밍이 무척 달랐다. 연습에서는 득점으로 이어지는 동작이 대회에서는 가벼운 실점으로 이어지기도 한다. 현역 선수와 뛰기 위해 부산, 원주, 진주, 광주 등으로 차를 몰고 가기도 했으나 지속적이고 근본적인 해결책이 되지는 않았다.

프라스카티 펜싱 클럽에는 이탈리아 선수들뿐만 아니라 브라질의 기예르메 툴두, 스페인의 카를로스 라바도르 등 세계적인 선수들이 훈련하고 있다. 그들과 9주 동안 부대끼며 훈련하면 나의 임계를 넘을 수 있을 것이라 믿는다.

마지막 세 번째, 펜싱에만 집중하는 시간과 공간을 갖기 위해서이다. 우리나라 펜싱 동호인들이 대다수 그렇듯, 나 역시 매일 세 시간 정도를 이동에 써야 한다. 일과 펜싱을 병행하기 위해서는 수면 시간을 제외하고는 하루에 단 오 분도 쉴 수가 없다. 그렇게는 죽도 밥도 안 되겠다는 절박한 마음이 나를 이탈리아로 향하게 했다. 나는 그렇게 이탈리아에서 오직 펜싱에만 몰입하는 삶을 살아볼 것이다.

이야기가 길지만 사실 모든 이유는 단 한 가지 뿐이다. 나는 펜싱을 잘하고 싶다. 정말 잘하고 싶다. 시간이 흘러 뒤를 돌아봤을 때 내겐 환경이 부족했다며 스스로에게 핑계 대고 싶지 않다. 할 수 있는 일은 모두 다 해보고 싶다.

래퍼 빈지노의 노래 'Always Awake'에는 이런 가사가 나온다.

난 내가
내 꿈의 근처라도
가보고는 죽어야지 싶더라고

내게 있어 프라스카티 펜싱 클럽은 아주 오래전부터 꿈의 근처였다. 이곳을 통과해 나는 나의 꿈속으로 들어갈 것이다.

자율성을 바탕으로 성장하는 사람들

내가 이탈리아 프라스카티 펜싱 클럽에서 운동하며 느낀 가장 인상적인 점은 바로 선수들의 자율성이다. 그곳의 운동은 특정한 시각에 시작하고 특정한 시각에 끝나지 않는다. 선수들은 제각각 체육관에 와서 각자 몸을 푼다. 스트레칭을 하는 선수도 있고 웨이트 트레이닝을 하는 선수도 있다. 어떤 선수는 레슨을 받는다. 몸을 다 풀고 나면 누가 시키지 않아도 알아서 도복으로 갈아입고 게임을 뛴다. 운동이 끝날 때도 마찬가지다. 각자 알아서 훈련을 마치고 집으로 돌아간다. 아무도 훈련의 시작과 끝을 알리지 않는다.

평소 알아서 몸을 풀고 운동하는 데 익숙해져 있던 내게도 그런 모습들은 퍽 낯설었다. 처음에는 시간을 지키지 않고 어기적거리며 클럽으로 들어오는 선수들의 모습에 화가 나기도 했고, 언제 게임을 시작하는 건지 알 수가 없어 눈치를 보기도 했다.

하지만 누가 시키지 않아도 알아서 잘할 수 있다면 그보다 좋은 것은 없다. 우리는 그것을 '자율성'이라고 부른다. 문제는 어떻게 자율적인 태도를 함양하는가이다. 유럽 선수들이라고 어릴 때부터 알아서 잘했을까? 이들과 함께 훈련하며 자율적인 훈련을 위해서는 두 가지 조건이 필요하다는 결론을 내렸다.

첫 번째, 교육이다. 위에서 이야기했던 선수들은 모두 시니어, 즉 성인 선수들이다. 그보다 어린 주니어 선수들은 각자 레슨을, 게임을, 컨디셔닝 트레이닝을, 웨이트 트레이닝을 진행하는 모습은 동일하다. 그런데 그들 앞에는 코치나 트레이너가 있다. 그리고 그 코치와 트레이너들이 가르쳐주는 방법은, 시니어 선수들이 혼자서 실행하는 훈련과 무척 흡사하다. 그렇다면 주니어 선수들을 대상으로 한 훈련의 목표가 '커서 혼자서도 할 수 있도록' 가르치는 데 있다고 추론할 수 있지 않을까. 내 눈에는 이들의 교육 방식이 자율적인 성인을 길러내기 위한 단계별 교육으로 보였던 것이다.

두 번째, 물리적인 환경이다. 혼자서 외롭게 펜싱을

하고 있는 친구들을 몇 명 알고 있다. 혼자서 훈련할 때 힘든 것은 몸이 아니다. 열심히 풋워크나 웨이트 트레이닝을 한 후, 정작 펜싱에서 가장 중요한 게임을 뛸 수 없다는 점이 사람을 가장 힘들게 한다. 즉, 혼자서 몸을 풀고 알아서 게임을 뛰고 레슨을 받기 위해서는 그럴 수 있는 환경이 조성되어 있어야 한다. 한 사람의 힘으로는 환경을 이기기 어렵다.

프라스카티 펜싱 클럽에는 펜싱을 처음 배우는 초보부터 올림픽 챔피언까지 다양한 수준의 선수가 포진해 있다. 그뿐일까. 다양한 국적의 선수들이 그곳에 거주하며 훈련하고, 대회를 앞두고서는 세계 각국의 국가대표가 그곳에 캠프를 차리기도 한다. 심지어 미국 대표팀과 캐나다 대표팀이 카이로 월드컵을 앞두고 프라스카티 펜싱 클럽에 캠프를 차렸다고 한다.

체력이 다해서 더 못 뛸지언정, 뛸 사람이 없어서 게임을 못 뛰는 경우는 없다. 이처럼 언제든지 내가 양질의 훈련을 할 수 있다는 믿음이 있어야 자율적인 훈련도 가능해진다. 부족한 환경에서 강요되는 자율성은 스스로에게 가혹적인 지침이 될 수 있다.

　자율성에는 개인의 노력과 사회적 차원의 지원 모두가 필요하다. 그것은 펜싱에만 해당하는 이야기는 아닐 것이다. 나는 프라스카티 펜싱 클럽이 가진 바로 그 '자율성'을 가진 선수가 되어 한국으로 돌아갔다. 그곳에서 느꼈던 많은 깨달음으로 후배들과 아이들이 자율적인 훈련을 할 수 있는 좋은 환경을 만들기 위해 그 방법들을 찾아가는 중이다.

전통이 강한 이유

프라스카티 클럽에서 레슨을 받고 있을 때의 일이다. 종종 동작이나 기술에 대해 궁금한 점을 코치에게 묻곤 했다. 놀라운 점은 그때마다 코치가 이 기술은 어떤 속도로, 어떤 타이밍에 어떻게 해야 하는지 알려주며 그 이유까지 이야기한다는 점이다. 게다가 그 이유들은 전체 맥락에서 일관성이 있다. 기술과 기술 사이에 원리적으로 어긋나는 부분이 없다는 것이다. 전통이 강하다고 생각한 이유를 바로 이 지점에서 느꼈다. 질문을 하고 명쾌한 대답을 언제나 들을 수 있다면 선수는 헤매지 않아도 된다. 또한, 일관된 체계가 있으면 자신이 어느 수준인지, 앞으로 무엇을 해야 하는지 정확히 알 수 있다. 지도가 눈앞에 펼쳐져 있는 셈이다.

그렇다면 이러한 환경의 격차는 극복할 수 없을까? 그렇지는 않다. 환경은 만들고 찾아가면 되기 때문이다. 타고난 환경은 어쩔 수 없지만 인간은 선택을 할 수 있다. 그리고 선택은 마음가짐에서 시작한다. 중요한 것은 환경이 아닌 마음가짐이다. 오래 걸리더라도, 남들보다 늦더라도 끝까지 가보겠다는 마음가짐. 끝에는 그러한 마음가짐을 가진 사람들만 도달할 것이다.

끝에 도달하는 길은 사람마다 다르다. 나는 스무 살이 되기 이전까지 펜싱이라는 종목에 대해 들어본 적이 없었다. 펜싱에 어떤 종류가 있는지, 펜싱을 어떻게 하는지를 지나가듯 들었더라도 관심 밖의 일이었던 거다.

내가 가는 길은 세상에 처음 나는 길이다. 후에 나와 같은 마음가짐을 가진 누군가는 보다 편하게 지금의 길을 걸을 수 있을 것이다.

펜싱을 하는 즐거움 중 하나는 나보다 강한 사람과 뛰는 것이다. 프라스카티 펜싱 클럽에서는 매일 그 즐거움을 느낄 수 있었다. 가로초, 로자텔리, 비앙키 같은 이탈리아의 국가대표뿐만 아니라 브라질의 툴두, 스페인의 라바도르, 폴란드의 시에스 등 각 나라의 국가대표 선수들과 게임을 뛸 수 있기 때문이다. 이들 중에서도 2016 리우올림픽 금메달리스트인 다니엘레 가로초는 인기가 많아 게임을 잡기가 어렵다. 이들이 한 게임을 뛰고 나면 바로 누군가가 다가가서 다음 게임을 뛰자고 이야기하는 모습을 볼 수 있다.

나 역시 세 번째 시도 만에 가로초와 게임을 뛸 수 있었다. 그리고 이 게임에서 두 가지를 배웠다.

첫 번째로 배운 것은 두려움이었다. 올림픽 금메달리스트라는 후광 때문일까, 우선권이 내게 있는데도 공격하다가 가로초가 앞으로 나오면 나도 모르게 찔리지 않으려 몸을 피하는 경우가 많았다. '내가 틀렸나? 지금은 내 우선권이 아닌가?' 하는 의심이 마음속에서 싹텄다.

"If you want enter, enter."

그런 나를 보고 이탈리아 코치가 한 말이다. 이런 건 규칙을 알고 모르고(인지) 동작을 할 수 있고(기능)의 문제가 아니다. 세련되게 말하면 심리적인 문제고 쉽게 말하자면 쫀 거다. 앞으로 내 앞에서 뛸 상대들은 모두 나보다 잘하는 선수들이다. 그때도 쫄 것인가? 정신 똑바로 차리고 과감하게 싸워야 한다.

두 번째는 가로초의 수법 하나였다. 이걸 겪고 나니 '애 완전 사기꾼이네….' 라는 생각이 들었다. 가로초와 경기를 하면 이상하게 처음 우선권을 가로초가 가져가는 경우가 많다. 나뿐만 아니라 다른 선수들이 가로초와 경기하는 걸 봐도 그렇다. 비밀은 이렇다.

대부분의 펜싱 선수는 칼을 45도 상방으로 뻗은 갸르

드 자세를 취한다. 그런데 가로초는 갸르드 할 때 팔을 더 접을 뿐만 아니라, 칼의 위치 역시 정면이 아닌 바깥쪽에 있는 것이다. 그렇기 때문에 상대는 습관적으로 가로초의 칼을 쳐서 우선권을 획득하려 허공을 치게 된다. 여기에 더해 일반적인 갸르드 자세를 조금씩 섞어 가며 게임을 띈다면? 상대방 입장에서는 게임 시작과 동시에 처리해야 할 정보가 하나 늘어나게 되는 셈이다.

잔기술의 하나로 볼 수 있지만 내가 반드시 우선권을 잡아야 하는 순간이나 습관적으로 칼을 치며 앞으로 나오는 상대에게는 매우 치명적일 수 있는 방법이다. 모든 기술은 동작 그 자체보다 언제 사용하느냐가 더욱 중요하다.

다른 선수와 경기할 때 어설프지만 그대로 따라해 보니 상대도 처음 그 수법을 마주했던 나와 같이 당황해했다. 나는 그렇게 세계 랭킹 1위와 게임을 뛰며 어디서도 경험할 수 없는 두 가지를 배웠다. 그날의 가로초는 나와 뛰며 한 가지도 배우지 못했을 테니 어쩌면 내가 이긴 셈이다. 아님 말고.

피스트의 주인

콜로세움을 만든 황제는 한 명의 검투사가 다른 검투사의 목에 칼을 들이밀면 관중들의 목소리를 들었다고 한다. '살려라', '죽여라'. 관중들의 의견에 따라 황제는 엄지를 세우거나 아래로 내렸다. 이런 행동으로 황제는 시민들에게 메시지를 전했다.

"보십시오. 저는 여러분의 의견을 듣습니다. 로마의 주인은 시민 여러분입니다."

이탈리아 뿐만 아니라 다른 유럽 나라들도 로마로부터의 정통성을 주장한다고 한다. 콜로세움 투어를 도와준 가이드는 그 이유가 로마의 지배 정책에 있다고 했다. 로마는 자신들이 지배한 곳을 식민지로 대하지 않고 동맹국으로 대했다. 원래 로마 시민과 동일하게 시민권을 주고 동일한 혜택과 복지, 법을 적용했다는 것이다.

"우리는 여러분을 차별하지 않습니다. 여러분은 우리와 동등한 시민입니다."

그런데 이 이야기는 어딘지 이상하다. 전쟁이란 본래 어떤 이득을 취하기 위해 피를 흘리는 일이기 때문이다. 기껏 싸워서 이겨놓고 상대방에게 '우리는 아무것도 바라지 않아, 너는 우리와 같아, 우리는 너를 수탈하지 않아.' 이럴 거라면 왜 전쟁을 일으킨 걸까?

나는 로마 이야기를 들으며 사람을 노예로 만드는 방법은 '마음을 이용하는 것'이라는 생각이 들었다. '여러분, 황제인 저와 여러분은 동등한 시민입니다.'라며 자신과 상대가 동등하다는 인식을 줌으로써 그들이 얻은 것은 결정적인 주권, 선택권이 아니었을까. 검투사들의 피를 보며 시민들이 흥분할 때 황제는 조용히 자신에게 이득이 되는 정책을 시행했을 것이다. 로마는 다른 나라 국민에게 동등한 시민권을 주었으나 그것이 그들이 주인이라는 뜻은 아니었을 것이다.

웅장한 콜로세움을 손바닥으로 가리키며 열정적으로 설명하는 가이드의 모습 뒤로 나는 내내 펜싱을 생각했다. 위의 전략을 펜싱에 적용하면 이런 것이다.

"이보세요, 점수 가져가세요. 제가 찔릴게요. 자, 막고 리포스트 하세요. 이번엔 제자리에서 피할 테니까 잘 겨냥만 해서 찌르시면 됩니다."

A가 쉼없이 말한다. 그런 A의 뒤로 B는 어쩌면 자신이 이 게임의 주인인지도 모르겠다는 생각을 하게 된다. 그러나 결정적인 순간, 전체적인 게임의 향방은 A가 선택하게 될 것이다.

그렇다면 이 시점에서 우리는 질문을 던져야 한다.
지금 내가 서 있는 피스트의 주인은 누구인지를.

대가들

바티칸의 시스티나 성당에는 미켈란젤로 부오나로티의 천장화와 〈최후의 심판〉이 그려져 있다. 두 작품을 보고 감탄과 동시에 화가 났는데 '수준'이 굉장히 높았기 때문이다. 나와 같은 어떤 인간이 저 정도의 높은 수준까지 도달했다는 사실이 나를 화나게 했다.

많은 이들이 4년이라는 짧은 제작 기간에 감탄한다. 하지만 중요한 것은 얼마나 걸렸건 미켈란젤로가 그것을 계획하고 하나씩 해냈다는 점이라고 생각한다. 매일 천장을 향해 고개를 들고, 혹은 누워서, 사다리에 올라가서. 시스티나 성당 천장화는 한 인간의 고도화된 정신이 어떤 산물을 만들어낼 수 있는지 보여준다. 천장화를 펜싱에 대입하여 이야기하자면 이렇다. 넓은 천장을 뒤덮을 정도의 체계를 미리 설계하고, 4년 동안 필요한 동작과 기술, 전술을 하나씩 완성해 나간 것이다. 그것을 보고 나는 부끄러웠다.

처음에는 이탈리아의 펜싱 시스템에 놀랐다. 내가 지금껏 배운 것과는 기초 단계부터 달랐기 때문이다. 플뢰레라는 종목에 접근하는 방식이 달랐고 그에 따라 기초 동작이 달라졌다. 옛 영상을 보면 유럽 선수들은 지금처럼 플뢰레를 하지는 않았었다. 어느 순간 그들의 메타가 바뀐 것이다. 그 변화는 누구로부터 시작됐을까.

한 명이건 여러 명이건 기존의 방식과 다른 생각을 한 사람이 있었을 것이다. 기존 방식에 의문을 제기하고, '정말 그렇게 해야 해?' 질문한 사람이 있을 것이다. '진짜 태양이 지구를 돌아?'와 같은 것이다. 숙소 앞 시스티나 성당이 바라다보이는 벤치에서 해를 쬐며 그런 생각을 했다.

제기랄, 수준 높은 사람이 정말 많구나.

미켈란젤로의 시스티나 성당 천장화도, 새로운 펜싱도 어설픈 동작 하나에서 시작되었을 것이다. 누군가가 했다면, 나도 할 수 있다.

몸에서 머리까지, 머리에서 몸까지

지난해 9월, 익산에서 FILA배 전국생활체육 동호인 대회가 있었다.

이번 대회에서 고려대 펜싱부는 소기의 성과를 거두었다. 개인전 메달을 처음으로 목에 건 학생도 있었고, 예선전 전체 1위를 한 학생도 있었다. 처음으로 예선을 통과한 학생도 있었다. 상장에 써진 숫자나 메달의 색깔보다 나는 그들이 어제보다 더 나아갔다는 사실이 자랑스러웠다. 기대했던 성적을 내지 못한 학생들 역시 자랑스럽다. 평소 무척 힘든 훈련을 성실히 해왔다는 걸 알기 때문이다. 시기의 차이가 있을 뿐 누구나 유효한 방법으로 노력하다 보면 원하는 성과를 거두게 될 것이라고 믿는다.

생각 없는 행동은 위험하고, 행동 없는 생각은 무용하다.

내가 선생님께 배운 훈련에 대한 지론이다. 어려서부터 많은 훈련량을 소화하는 전문선수는 머리로 알기 전에 몸이 먼저 깨닫는다. 하지만 취미로 펜싱을 시작한 동호인의 경우는 사정이 다르다. 절대적인 훈련량이 적은 동호인이 개념을 모른 채 훈련하여 높은 수준에 이르는 것은 요원한 일이다. 그래서 나는 선배들과 훌륭한 선생들이 만들어 온 펜싱의 체계를 배우고 훈련해야 한다고 생각한다. 알고 하는 게 모르고 하는 것보다 효율적이기 때문이다.

동시에 펜싱을 하는 사람은 아는 것에서 그치지 않고 할 수 있는 데까지 나아가야 한다. 나의 펜싱 선생님은 항상 '알았어?'가 아니라 '할 수 있어?'라고 묻곤 하셨다. 이 수준에서는 어쩔 수 없이 반복이 필요하다. 동작과 기술을 몸에 새겨 넣어야 하기 때문이다. 할 수 있을 때까지. 몸이 알아서 하게 될 때까지. 유효한 방법으로 성실하게 훈련한다면 멀리까지 나아갈 수 있다.

선생님, 제가 뛰는 것보다 힘들던데요

선수로서 대회 후기를 쓸 때는 잘한 점과 못한 점을 적곤 했다. 그러나 코치로서는 그럴 수 없다. 선수들의 잘한 점과 못한 점보다는, 그들의 노력과 태도가 더 깊이 내게 남았기 때문이다.

2023년 5월, 청양군에서 대학 펜싱 동아리를 대상으로 한 대회가 열렸었다. 경기를 보며 내가 떠올린 것은 선생님이 종종 말씀하셨던 '최빈값이 한곗값이다.'라는 말이었다. 선수에게 내재되어 있던 하나의 문제가 수면 위로 드러났을 때 꼭 게임이 막혔다. 다른 부분이 아무리 강하더라도 뚜렷한 약점이 있으면 그 부분을 공략당하게 된다. 달리기를 할 때 가장 약한 관절이 견딜 수 있는 만큼만 뛸 수 있는 것과 같다.

한편으로 선수들이 대회를 통해 자신이 갖고 있던 약점을 극복하는 모습도 보았다. 정서적으로 위축되어 있던 선수는 파이팅 넘치게 기술을 시도하며 자신에게 보다 뛰어난 능력이 있음을 확인했고, 공격이 약한 선수는 짧게 공격하는 척 하고 다시 수비하는 운영을 선보이기도 했다. 두려울 수 있는 상황에서 한 번 더 해보겠다며 고개를 끄덕이는 선수도 있었다.

이 모든 모습을 보며 나는 우리 선수들을 진심으로 존중하게 되었다. 한편 대회가 끝난 지금은 계속해서 질문을 던지고 있다. 더 나은 방법은 없었을까. 코치로서 더 상황에 맞는 도움을 줄 수는 없었을까. 그때의 판단이 최선이었을까.

"선생님, 제가 뛰는 것보다 힘들던데요."

내 이야기를 들은 선생님은 말없이 웃으셨다. 그제야 선생님이 선수들이 좋은 성적을 거두었을 때도 왜 기쁜 내색을 보이지 않으셨는지 알 수 있었다. 코치에게는 성적을 잘 낸 선수뿐 아니라 그렇지 못한 선수도 있기 때문이다. 성장하여 다음에는 선수들에게 더 나은 도움을 주고 싶다. 정말이지 나는 이기고 싶다.

나는 인간적이고 싶지 않다

펜싱 장갑을 사러 가는 길에 동물구호단체를 홍보하는 분을 마주쳤다. 몇 마디 이야기가 오간 후 그녀는 눈 뜬 채로 벗겨진 호랑이 가죽 사진을 보여주며 말했다.

> 동물구호단체: 값이 더 나간다고 마취도 하지 않고 이렇게 산 채로 벗겨내는 거예요. 혹시, 동물 키우세요?
>
> 나: 네, 고양이 키워요.
>
> 동물구호단체: 몇 마리 키우세요?
>
> 나: 두 마리요.
>
> 동물구호단체: 이름이 어떻게 되나요?
>
> 나: 제리, 아리요.
>
> 동물구호단체: 그러시구나. 누가 돈 된다고 가족 같은 제리, 아리를 이렇게 한다고 생각해보세요.

그녀의 마지막 말은 나를 괴롭혔다. 정말 동물을 가족이라고 생각하는 사람이라면 그런 질문을 던질 수 있었을까. 내가 그 사람의 부모 이름을 물어본 후, 그들의 이름을 언급하며 호랑이 가죽을 생각해보라고 했다면 불쾌하지 않았을까. 그녀에게 악의는 없었을 것이라고 믿지만 내게는 폭력이었다.

그때 마침 나는 인간은 존재만으로도 다른 인간에게 죄를 짓지 않는가 하는 생각을 하고 있었다. 누군가에겐 나의 존재가 그 자체만으로 불편할 수도 있다. 내가 그들을 선의로 대해도 그렇다. 선의는 악의로 받아들여질 수 있다. 그들과 관계 맺지 않으려 해도 그렇다. 존재만으로. 나의 사랑과 나의 열정만으로도 나는 누군가에게 불편할 수 있다.

스승과 대화할 때면 눈물을 참아야 할 때가 많다. 아마 그건 스승이 비정(非情)한 사람이기 때문일지도 모른다. 감정이 없는 사람은 없으므로, 아마 비정이란 감정을 드러내지 않거나 감정에 덜 영향 받음을 수식하는 표현일 것이다. 거대한 감정을 가졌던 사람만이, 그리고 그 감정에 상처 입었던 사람만이 스스로 비정해지고자 한다.

스승은 선수가 승리해도 기쁨을 표현하지 않는다. 그에게는 패배한 선수도 있기 때문이다. 스승은 사람들과 관계를 잘 맺지 않으려 한다. 그의 존재 자체를 불편해하는 사람들이 있기 때문이다. 또한, 관계를 맺으면 불가피하게 서로 상처를 주게 되기 때문이다. 그러나 그는 선수를 위해서라면 그 모든 것을 감수한다.

윤리와 감정은 일치하지 않는다. 옳음은 기쁨과 다르고 그름은 슬픔과 다르다. '비정하다'의 사전적 정의는 '사람으로서의 따뜻한 정이나 인간미가 없다'이다. 윤리보다 감정에 비중을 두는 게 인간다운 것으로 여겨지는 것 같다. 스승을 인간적이지 않다고 할 것인가. 그렇다면 나는 인간적이고 싶지 않다. '인간적임'의 기준은 사람을 대하는 태도나 삶의 중점을 어디에 두냐에 있지 않다. 자신의 존재와 타인에 대해 숙고하고 그것을 바탕으로 삶의 태도를 결정하는 것. 나는 거기에 인간다움이 있다고 믿는다.

펜싱은 마음의 대결

새벽에 누워 있다 일어나 앉아 생각한다. 펜싱을 이렇게 오래 안 한 적이 있었을까.

지난해 하반기에는 몸이 좋지 않았고 심지어 얼마 전에는 안면 마비가 왔다. 또 며칠 전에는 나의 부주의로 교통사고를 겪었다. 이렇게 적어 놓고 보니 알게 된다. 이런 일들의 나열은 아무런 의미가 없다.

다시, 펜싱을 이렇게 오래 안 한 적이 있었을까.

선생님은 펜싱에 있어서 환경이 중요치 않음을 항상 말씀하시곤 했었다. 나는 그게 불만이었다. '더 좋은 환경이라면 더 잘 훈련할 수 있을 텐데. 부족한 부분을 채울 수 있을 텐데.'

그 생각에는 지금도 변함이 없다. 다만 달라진 게 있

다면, 어느 수준에 있느냐에 따라 적용되는 사실이 다르다는 것이다. 분명 나에게는 다른 환경, 다른 훈련 방법이 필요했다. 그러나 그건 부수적인 것으로 핵심은 아니었다. 부족한 부분을 채우고 나니 알겠다.

아니, 지금 문득 일어나 앉아 있자니 알겠다. 내 펜싱에 있어 더이상 환경은 중요한 게 아니다.

몸을 관리하고 기술을 다듬는 것은 기본이다. 이왕이면 그걸 효율적으로 할 수 있는 환경이라면 좋다. 그러나 중요한 건, 마음을 키우고 성실히 연습하는 것. 도전하는 것. 나와의 약속을 지키는 것. 모두 장소와 상관없이 내가 스스로와 연습할 수 있는 것이다.

선생님이 어떤 풍경을 보고 계셨는지 조금은 알 것 같다.

펜싱 클럽에서 한 회원 분과 게임을 뛰면
잘 안 풀리길래 끝나고 여쭤보았다. 왜 잘
안 될까요. 회원 분은 처음엔 기술에 대한
이야기를 하셨지만 끝내 이런 이야기를
하셨다. "집중을 다 하지 않는 것 같아요."

부끄러웠다. 같이 뛰는 사람에게 보일 정
도면 얼마나 집중을 안 하고 뛴 걸까. 시간
소중한 줄 알고. 상대 귀한 줄 알고. 최선
을 다해서 집중해서 뛰어야겠다. 적어도
나에게는 부끄럽지 않게.

3장 펜싱하는 방법

펜싱을 잘하는 방법

2008년 동호인으로 펜싱을 시작해 동호인 일반부에서 우승을 하고, 2019년에는 동호인 엘리트부(선출부)에서 우승을 했다. 2024년 현재는 전문선수들이 출전하는 국가대표선발전 등에 나가고 있고, 간신히 예선을 통과하거나 떨어지기를 반복하고 있기도 하다.

글에 앞서 나의 성적에 관해 이야기한 것은 지금부터 하게 될 내용이 지금의 나의 수준까지 유효한 방법이라는 점을 명확히 하기 위해서다. 세상에는 나보다 펜싱을 잘하는 사람들이 많고, 그런 사람들에게는 또 다른 방법과 사고방식이 있다. 아래의 내용은 현재 나의 수준까지 오는 데 도움이 된 일종의 방법론이다. 정답이 아니라 나만의 해답이니 이 점을 참고해 앞으로의 시간들에 도움이 되었으면 좋겠다.

펜싱을 잘한다는 건 무엇일까?

가장 먼저 해야 할 일은 '펜싱을 잘하는 것'이 무엇인지 정의하는 것이다. 마르쉐 팡트(Marche Fente)*를 누구보다 빨리 쏘면 펜싱을 잘하는 걸까? 아니면 데가제(Dégagement)**를 귀신처럼 잘하면 펜싱을 잘한다고 할 수 있을까? 이런 기술적인 부분들은 '펜싱을 잘하는 것'의 일부는 될 수 있지만 정의가 될 수는 없다. 펜싱을 잘하는 것이란 곧 '대회에서 이기는 것'이라고 생각한다.

아무리 자세와 동작이 정확하고 멋지더라도 이기지 못한다면 그것은 무용한 일이기 때문이다. 유튜브에서 자세가 좋지 않지만 국제 대회에서 맹활약 하는 선수들을 확인해 볼 수 있다. 멋있는 폼으로 펜싱을 하는 선수와 어정쩡한 자세로 펜싱하는 선수 중 후자가 이겼다면, 후자가 곧 '펜싱을 잘하는' 선수라는 게 나의 결론이다.

*   전진 공격 기술
**   칼끝을 돌려 공격 라인을 바꾸며 찌르는 동작

그리고 하나의 단서 조항을 덧붙였다. 바로 '대회에서' 이겨야 한다는 것이다. 연습 대결에서 항상 이기던 선수에게 정식 대회에서 지는 경우가 있다. 대회는 연습과 다른 특수한 상황이고 심리적인 부분이 강하게 작용하기 때문이다. 대회에서 이기기 위해서는 다양한 선수의 다양한 스타일에 대응할 수 있어야 한다.

전략-그럼 어떻게 해야 이길 수 있는데?

앞서 '펜싱을 잘하는 것=이기는 것'이라고 정의했다. 그럼 어떻게 해야 펜싱 경기에서 이길 수 있을까? 펜싱에서 이기기 위한 방법에는 다음의 여섯 가지가 있다.

1. 상대보다 먼저 주어진 점수(5점, 15점)에 도달하기.
2. 상대보다 높은 점수로 대전 시간(3분 1세트, 3분 3세트)을 다 보내기.
3. 상대와 동점인 상황에서 대전 시간이 끝난 후, 연장전에서 먼저 득점하기.
4. 상대와 동점인 상황에서 대전 시간이 끝난 후, 연장전에서 우선권을 가진 채로 연장전 시간을 다 보내기.

5. 상대보다 높은 점수를 가진 상황에서 P-블랙 카드를 받아 경기를 종료하기.

6. 상대보다 높은 시드를 가지고 있을 때 상대와 동점인 상황에서 P-블랙 카드를 받아 경기를 종료하기.

위와 같은 여섯 가지 상황이 다양하게 발생하는 종목은 에페다. 동시타가 있어 시간을 전부 쓰는 경우가 많기 때문이다. 플뢰레의 경우도 모든 상황이 벌어질 수 있지만, P-카드로 인한 경기 종료는 드물다. 종목 특성상 1분 동안 무득점인 상황이 생기기 어렵기 때문이다. 마지막, 사브르의 경우 대전 시간이 없기 때문에 첫 번째 경우만 승리 조건이 될 수 있다.

전술-전략을 수행하는 방법

전술은 한자로 戰術이라 쓴다. 이때 술(術)자는 재주, 방법, 수단 등을 의미하는 글자로, 뒤에서 이야기할 기술(技術)의 '술' 자와 같은 글자이기도 하다. 이는 곧 필요할 때 꺼내어 쓸 수 있는 구체적인 방법이라는 점을 의미하는 것이다.

예를 들어 '상대보다 높은 점수를 가진 상황에서 P-블랙 카드를 받아 경기를 종료하기'라는 전략을 세웠다고 하자. 이 전략을 수행하기 위해서는 첫 번째, 소극적 운영으로 P카드를 세 번 받아야 하며 두 번째, 마지막 P카드를 받는 순간 상대보다 높은 점수를 갖고 있어야 한다. 그렇다면 선수는 경기 초반에는 소극적인 운영을 하고, 점수 상황에 따라 수비를 할지 공격을 해야 할지 선택한다. 경기를 최대한 오래 끌고 가야 하니 피스트를 최대한 넓게 써야 한다.

이렇게 전술은 시간(ex. 경기 초반), 점수, 공간(피스트)을 고려한 행동을 의미한다. 단순하게 분류하면 공격 전술과 수비 전술이 있는 것이다. 더 세분화한다면 공격하는 척하기, 상대를 피스트 끝까지 압박하기, 경기 지연 시키기, 기습적으로 공격하기 등이 있다.

특히 펜싱의 전술적 부분이 가장 잘 나타나는 경기는 단체전이며, 단체전은 학생들에게 전술적 사고를 교육하기 위한 좋은 훈련 방법이 될 수 있다.

전술=시간×점수×공간

기술–전술을 실천하기 위한 방법

전술이 전략을 실행하기 위한 방법이라면 기술은 전술을 실천하기 위한 보다 세부적인 방법이다. 만약 코치가 선수에게 '동점으로 경기를 유지해!'라고 했다면 에페 종목의 경우 밀고 들어오는 상대에게 적어도 동시타를 낼 수 있는 능력이 선수에게 있어야 코치가 말한 전술을 실행할 수 있을 것이다.

플뢰레 종목이라면 어떨까? 코치가 '지금은 밀고 가야 할 시점이야. 상대가 회전 빠라드로 막으니까 꾸뻬로 공격해!'라고 말했을 때 선수가 꾸뻬라는 기술을 할 수 있어야 지시를 실행할 수 있다.

이러한 기술은 예비 동작인 프레파라숑(Preparation)과 실제 의도를 실천하는 동작으로 구성된다. 그렇다면 동작과 기술의 차이는 무엇일까?

동작은 형태를 가진 움직임일 뿐, 동작만으로는 의도를 실천하기 어렵다. 동작에 디스턴스와 타이밍, 리듬이 더해져야 살아있는 동작, 즉 기술이 되는 것이다. 디스턴스가 안 맞는다면 아무리 팡트를 멋지게 해도 상대를 찌를 수 없다. 타이밍이 어긋나면 맞는 거리에서 팡트를 쏴도 빠라드 리포스트로 반격당할 뿐이다. 그리고 이 타이밍을 잡기 위해서는 리듬이 필요하다.

기술=동작×디스턴스×타이밍×리듬

자세와 동작

기술을 쓰기 위해서는 자세와 동작을 할 수 있어야 한다. 앙갸르드(En Garde)부터 아롱지브라(Allongez la bras), 팡트(Fente), 플레쉬(Flèche), 마르쉬(Marche), 롱뻬(Rompre), 빠스아방(Passe Avant), 빠스아리에르(Passe arriere), 봉아방(Bond en avant), 봉아리에(Bond en arrière), 발레스트라(Balestra), 데가제(Dégagement), 꾸뻬(Coupé), 꾸렁세(Coup lancé), 여덟 가지 빠라드 등이 모두 자세와 동작이라고 할 수 있다. 기술을 효율적으로 사용하기 위해서는 정확하고 밸런스 잡힌 자세와 동작이 선행되어야 한다.

체력

펜싱 동작을 실천하기 위해서는 체력도 필요하다. 체력에는 전문 체력과 기초 체력이 있는데, 전문 체력은 펜싱 종목에 특화된 체력을 말한다. 이를테면 프로 축구선수가 펜싱 15점을 뛴다면 어떻게 될까? 아마도 3분 동안 축구를 뛰는 것보다 훨씬 힘들 것이다. 반대의 경우도 마찬가지다. 두 종목이 요구하는 호흡과 리듬이 다르기 때문이다. 이처럼 특정 스포츠 종목에 필요한 전문화된 체력을 전문 체력이라고 한다.

기초 체력에는 근력, 근지구력, 민첩성, 유연성 등이 있다. 펜싱 선수가 따로 웨이트 트레이닝이나 스트레칭 등을 하는 이유는 이 기초 체력을 키우기 위한 것이다. 펜싱만으로는 기초 체력을 증진하는 데 한계가 있기 때문이다.

이는 '펜싱을 잘하는 방법'을 '펜싱을 잘하는 것은 대회에서 이기는 것이다'라는 정의로부터 역산하여 구성한 것이다. 이기기 위해서는 이기는 큰 틀의 방법(여섯 가지 승리의 수), 즉 전략이 필요하고, 전략을 수행하기 위해서는 전술이 있어야 한다. 그리고 전술을 실천하기 위한 세부적인 방법으로 기술이 필요하다. 기술은 곧 자세와 동작에서 나오며, 자세와 동작을 정확하고 효율적으로 수행하기 위해서는 체력이 필요한 것이다.

따라서 펜싱을 잘하기 위해서는 위의 다섯 가지 단계를 꾸준하게 훈련해야 한다. 물론 가장 기초가 되는 것은 체력이지만 훈련이 순차적으로 이루어지는 것은 아니다. 훈련을 통해 다섯 가지 부분을 동시에 함양해야 하는 것이다. 그런데 막히는 순간이 올 수도 있다. 그때 위 설명에 비추어서 내가 어떤 부분이 약한지 파악하고 훈련한다면 실력 향상을 이끌어낼 수 있을 것이다.

예를 들어 나는 상대가 어떤 식으로 뛰는지 다 알고 있고 그에 맞춰서 그림을 그려놨는데 상대의 단순한 데가제 공격을 못 막아서 전술을 실행할 수 없다면 기술적인 부분을 보완해야 하는 것이다. 혹은 1분만 경기를 뛰어도 숨이 차서 경기 운영을 할 수 없는 경우도 있는데 이와 경우는 체력을 꾸준하게 더 길러야 한다. 만약 나와 체력이나 기술이 비슷한 상대에게 반복적으로 진다면 운영이 약해서일 가능성이 높다고 판단된다. 이런 경우 어떻게 경기를 풀어갈지 전술을 짜고 경기하는 연습을 하는 것이 좋다.

위의 내용은 나에게 유효했던 하나의 방법론이며, 펜싱의 정답이 될 수는 없다. 내가 정리한 방법론을 통해 단 한 분이라도 실력 향상의 실마리를 잡았으면 좋겠다.

펜싱 스파링의 세 가지 목표

보디빌딩에서 '고립 운동'은 중요한 개념이다. 고립 운동이란 말 그대로 특정한 근육을 고립시켜놓고 운동하는 것이다. 이 방식을 사용하는 이유는 성장 시키고자 하는 근육에만 부하를 주기 위함이다. 부하가 분산된다면 목표로 한 근육의 성장 역시 더디게 된다.

펜싱 훈련 역시 마찬가지다. 앞서 펜싱 게임에서 이기기 위해서는 체력, 자세와 동작, 기술, 전술, 전략 등 다섯 가지 요소를 갖춰야 한다고 이야기했는데, 펜싱 훈련의 목표는 이 다섯 가지 요소들의 성장이어야 할 것이다.

예를 들어보자. 레슨의 목표는 무엇일까? 기본적으로는 기술의 훈련일 것이다. 코치는 특정한 동작과 그 동작을 시행하기 위해 필요한 디스턴스와 리듬, 타이밍을 가르친다. 이처럼 펜싱 게임 훈련의 한 종류로써 목표를 가져야 하는 것이다. 목표 없이 게임을 뛴다면 즐거울 수는 있겠지만 실력 향상으로 직결되지 않을 것이다.

펜싱 게임 훈련의 목표를 세 가지로 분류할 수 있다.

첫 번째, 기술의 연습이다. 앞서 레슨의 목표 역시 기술의 연습이라고 했지만 레슨에서 배운 기술을 게임에서 사용하는 건 또 다른 문제다. 상대방은 지도자처럼 움직여주지 않고 게임에는 변수가 계속해서 생기기 때문이다. 이러한 환경에서 배운 기술을 사용하는 연습을 하는 게 펜싱 게임 훈련의 첫 번째 목표가 될 수 있다.

그렇게 하다 보면 지지 않을까? 그렇다. 내가 특정한 기술을 연습하다 보면 게임에서 질 확률이 무척 높아지기도 한다. 하지만 매번 동일한 방법으로 이기는 것과 지더라도 새로운 것을 배우고 익히는 것 중 어느 쪽이 올바른 방향인지는 명백하다. 게임을 통해 기술을 연습하기로 마음 먹었다면 승패에 대한 욕심을 잠시 내려놓아도 좋다.

두 번째는 전술 훈련이다. 전술에 대한 책 중에『삼십육계』라는 책도 있는데, 전쟁에서 사용할 수 있는 전술이 서른여섯 가지나 된다는 말이다.

사람마다 갖고 있는 기술이 다르듯 전술 역시 그렇다. 공격, 반격, 압박, 지연, 접근전 유도, 중앙 승부, 포인트 엉 린느, 세컨 인텐션 등 다양한 전술이 있을 수 있다. 학생들에게 전술을 지도할 때 상황 훈련이라고 하여 특정한 상황을 잘라내어 연습하도록 하는 편이지만 게임 상황에서도 이러한 전술을 연습해볼 수 있을 것이다.

전술 훈련은 기술 훈련도 포함한다. 각각의 전술에 따라 필요한 기술이 다르기 때문이다. 전술을 실행해보며 내게 부족한 기술이 무엇인지 파악한다면 실력 상승의 실마리를 잡을 수 있을 것이다. 예를 들어 상대를 피스트 끝까지 압박하여 찌르는 전술을 사용한다고 했을 때, 누군가는 상대를 몰고 가는 기술이 없을 수 있고 다른 누군가는 피스트 끝에서 처리하는 기술이 부족할 수도 있다. 이러한 약점의 보완은 곧 전술적 능력의 상승으로 이어진다.

마지막 세 번째는 전략 훈련이다. 전략 훈련이란 전술을 배합하여 승리하는 연습이라고 할 수 있다. 선수들이 연습할 때 하는 '이기는 경기 하려고 해보자.'는 말은 즉 전략 훈련을 하자는 이야기이다. 전략을 연습하기 위해서는 오늘 상대방이 들고 온 기술은 무엇인지, 전술은 무엇인지, 습관은 무엇인지, 심리 상태는 어떤지를 파악하고 시간과 점수를 고려하여 전술을 배합해야 한다.

이는 곧 우리가 펜싱 대회장에서 집중해야 하는 부분이기도 하다. 실제 시합에서는 어떻게 이길지, 구체적인 방법을 생각해야 한다. 이를 실행하기 위한 전술적 움직임과 기술은 자동으로 이루어져야 한다. 어떻게 움직일지를 생각하면 기술은 꼭 한 박자씩 늦고 동작이 어색해지며 상대를 보지 않고 혼자 하는 펜싱이 되기 때문이다.

펜싱 게임은 기술, 전술, 전략 훈련이라는 세 가지 목표가 있다. 마지막 전략을 제외하고는 승패가 아니라 기술과 전술 자체에 반드시 집중해야 한다. 그리고 궁극적으로는 이기는 방법, 즉 전략은 훈련을 통해 키워 나가야 한다.

단순히 승패를 가리기만 해도 펜싱이라는 게임은 그 자체로 무척 즐거운 스포츠다. 거기에 실력 상승을 위해 연습하고 성장을 이루어냈을 때의 기쁨은 그보다 클 것이다. 오늘은 각자의 목표를 세워 보고 게임을 뛰어 보는 것은 어떨까.

이너게임 오브 펜싱

티모시 갤웨이(Gallwey, W. Timothy)의 『이너게임 오브 테니스』를 읽었다. 이 책을 접한 건 미국의 펜싱 선수 레이스 임보덴(Race Imboden)을 통해서다. 그는 이 책을 강력히 추천하고, 자주 인용한다. 나의 펜싱 선생님께 여쭤보니 한번 읽어보면 좋은 책이라고 하셨다. 처음에는 한글 번역본을 구할 수 없어서 티모시 갤웨이의 다른 서적인 『이너게임 오브 워크』를 먼저 읽었다. 그러다가 한글판이 있다는 걸 알게 되어 도서관에서 책을 빌려 보았다.

나는 지금까지 펜싱 멘털 트레이닝의 일환으로 몇 가지 책을 읽었다. 조훈현의 『고수의 생각법』, 이창호의 『부득탐승』, 박지성의 『멈추지 않는 도전』 등. 모두 좋은 책이었다. 그러나 다소 경험적인 측면에 기울어진 책들이었다. 반면 티모시 갤웨이의 『이너게임 오브 테니스』는 코칭에 있어 클래식으로 불릴 만큼 저자의 경험 사례와 이론이 잘 조화된 책이다. 이 책은 내가 멘털 트레이닝을 위해 읽은 책 중 가장 유용하다.

'이너게임'은 티모시 갤웨이가 생각해낸 개념이다. 테니스 코치였던 저자는 테니스에 눈이 보이는 외적인 게임 말고도 선수의 내면에서 이루어지는 게임이 있다고 생각하고, 이를 이너게임이라고 부른다. 스포츠를 심도 있게 해본 사람들은 게임을 하면서 자기 스스로에게 어떤 말이나 요구를 했던 경험이 있을 것이다. 티모시 갤웨이 역시 선수들이 자기 스스로에게 말을 걸고 있다는 사실을 발견한다. 이 발견 다음 그의 발상은 천재적이다. 그렇다면, 이 말을 듣고 있는 누군가도 있을 것 아닌가?

그는 선수들에게 말을 거는 자아를 Self1이라고 이름 붙이고, Self1의 말을 듣고 있는 자아를 Self2라고 이름 붙인다. Self1은 우리가 성장하면서 갖게 된 사회적인 자아다. 사회의 요구들, 사회적 위치, 혹은 코치의 메시지 등이 내면화된 존재가 Self1이라는 것이다. 반면 Self2는 원래의 우리 자신, 어린아이일 때 아무 생각 없이 놀이에 열중했던 자아를 말한다.

티모시 갤웨이는 Self1이 관찰자의 태도를 유지하고 고요해질 때, 우리는 Self2로서 행동할 수 있다고 말한다. 바로 몰입의 상태다. 흔히 선수들이 zone에 들어간다고 하거나, flow 상태라고 부르는 그 상태를 말한다. 저자는 이러한 주요 개념을 설명하고, 어떻게 하면 Self2로서 행동할 수 있는지(어떻게 몰입 상태로 진입할 수 있는지) 구체적인 지침들을 소개한다. 이후 스포츠에 있어 승부에 대한 그의 가치 있는 철학을 소개하며 책을 끝맺는다.

이 테니스 코칭 서적은 단순한 코칭 서적에 머무르지 않았다. 이 책이 소개하고 있는 이너게임이란 개념이 다른 분야에도 효과적으로 적용되기 때문이다. 펜싱 역시 마찬가지다. 펜싱은 몇 안 되는 동작으로 구성된 스포츠다. 대개 1년이면 거의 모든 동작을 어느 정도 수준까지 할 수 있다. 몸이 준비되었다면 전술적인 판단 훈련을 해야 한다. 그러나 몸과 머리가 모두 준비되었더라도 멘털이 준비되지 않았다면 시합에서 자신의 능력을 제대로 활용하기 어렵다.

자신감이란 말 그대로 자신을 믿는 것이다. 누구나
자신감 있게 경기를 하고 싶어한다. 문제는 그게 어렵다
는 것이다. 티모시 갤웨이는 Self1, Self2 개념을 통해 불
필요한 판단을 잠재우고 높은 역량을 지닌 자신(Self2)
을 신뢰하는 방법을 소개하고 있다. 특정 기술을 게임
에서 써먹으려고 하다가, 혹은 불필요한 생각을 하다가
타이밍을 놓쳐본 경험이 있을 것이다. 이미 우리는 높
은 역량을 가지고 있다. 믿고 그냥 하면 된다.

책의 마지막 부분을 읽으며 나는 조금 울고 말았다.
그가 오랫동안 싸워왔던 내면의 문제가 내가 싸워온 그
것과 다르지 않았기 때문이다. 우리는 자신을 믿음으로
써 나아간다. 어려운 상대는 서퍼가 마주친 큰 파도와
같다. 서퍼는 큰 파도를 즐겁게 맞이한다. 어려운 상대
덕분에 우리는 우리 자신의 역량을 끌어올릴 수 있다.

펜싱과 존중

나는 대회에서 뿔(Poule)[*]이 나오면 명단을 보며 '애는 중학생, 애는 고등학생. 이 선수는 대학생이고 이 선수는 실업팀이니까. 이 선수까지는 할 만하고 이 선수는 좀 어렵겠다.'와 같은 생각을 하곤 했다. 돌이켜보면 그런 생각을 한 것은 불안하기 때문이었던 것 같다. 내 머릿속에 줄을 세워서 누구는 할 만하고, 누구는 어렵다고 판단하며 편해지고 싶었던 것이다. 물론 그런 생각은 게임이 시작되면 와장창 깨졌다. 때로는 학생에게 지기도, 때로는 실업팀 선수에게 이기기도 했다.

이러한 사고는 열등감과 자신감의 발로다. 자신감은 상대가 나보다 못하다고 여기고 무시하는 것이고 열등감은 상대가 나보다 잘났다 여기고 쫄고 들어가는 것

[*] 펜싱 대회에서 예선전을 치루는 각 조를 의미한다. 뿔은 보통 6~7명으로 구성한다.

이다. 즉 기준이 상대에게 있는 심리 상태다. 이런 멘털로 게임을 뛰면 결과는 좋지 않다. 나보다 못하다고 판단한 상대와 뛸 때는 얕보며 뛰게 되고 나보다 잘났다고 판단한 상대와 뛸 때는 위축 되어서 뛰게 되기 때문이다. 필요한 건 열등감이나 자신감이 아니라 자존감이다. 상대에 따라 달라지는 마음이 열등감과 자신감이라면 자존감은 상대와 상관없는 심리 상태다.

그렇다면 자존감은 어디에서 시작할까?

'존중'이다. 상대가 누구든 무시하거나 우러러보지 않고 있는 그대로 인정하는 것. 그리고 그런 상대를 향해 최선을 다하며 경기를 뛰는 것. '너 잘하는구나. 그래, 인정할게. 그런데 나도 이 악물고 연습해왔어. 그러니까 한 번 제대로 뛰어보자.'라거나 '이런 부분이 약하구나. 널 이기기 위해 최선을 다할게.' 같은 마음을 가지는 것이다. 상대가 누구든 나는 할 수 있는 최선을 다하는 것. 그것이 존중의 모습이다.

펜싱이라는 게임에는 존중이 필요하다. 그리고 나는

그것이 좋은 펜서뿐만 아니라 괜찮은 인간이 되기 위해
필요한 태도라고 생각한다.

저도 당당하게 이겨도 당당하게

대회 예선에서 있었던 이야기다. 분명히 상대가 나를 제대로 찔렀는데 심판기에 무효를 나타내는 흰 불이 켜졌다. 이상하게 생각한 나는 상대에게 테스트를 해보라고 권유했다. 그런데 테스트할 때는 불이 정상적으로 켜지는 것이었다. 이후 게임에서도 그런 일이 몇 번이나 더 일어났다. 다시 테스트를 해봤지만 그때마다 내가 착용한 전기 자켓은 정상적으로 작동했다.

해당 바우트를 마치고 대기 의자에 앉아 생각했다. 그냥 쓸까? 경기 전 장비 검사도 정상적으로 통과하고 도장도 받았는데? 사실 상대가 못 찌른 거 아닐까? 내가 착각했나?

그 순간 머릿속으로 지난 대회에 있었던 한 경기가 떠올랐다. 분명히 상대를 찔렀는데 흰 불이 켜지던 장면. 테스트 했을 때 문제가 없었던 상대의 장비. 결국 나를 이기고 올라간 그 선수가 다음 경기에서 장비 이상을 판정받아 옷을 갈아입던 모습.

그때 느꼈던 억울함을 내 상대방에게 주기는 싫었다. 한편으로는 문제가 있을 수도 있는 장비를 계속 사용하는 건 나 스스로에게도 못 할 짓이라는 생각이 들었다. 내가 대회에 나오기 전까지 얼마나 노력했는데. 고장난 장비를 사용하는 건 그 노력에 대한 모욕이다. 문제 있는 장비를 착용하고 이기면? 그 후에 들 수치심을 어떻게 견딜까.

그래, 이겨도 당당하게 이기고 져도 당당하게 지자.

나는 대기 시간 동안 후배에게 부탁해 다른 전기 자켓을 빌려 갈아입었다. 나중에서야 문제는 전기 자켓이 아니라 보디코드라는 걸 알게 되었지만, 대회가 끝난 지금 돌아봐도 옷을 갈아입은 건 정말 잘한 선택이었다고 생각한다.

펜싱은 장비 고장이 잦은 종목이다. 심지어 올림픽에

서도 장비 고장으로 인한 문제가 불거지곤 한다. 내가 피스트 위에 있는 한 이런 일은 앞으로도 계속 생기고 그때마다 나는 선택해야 할 것이다. 그때마다 오늘 나의 당당한 선택을 떠올리길 바란다.

펜싱은 아무것도 아니다

펜싱은 아무것도 아니다. 학생들을 가르칠 때면 이 사실을 되새긴다. 내게 펜싱은 거의 전부이기 때문이다.

펜싱부에 신입 부원이 들어온 지 한 달이 지났다. 신입 부원을 가르치며 나는 황당한 기분이었는데, 한 명을 제외한 모든 학생이 훈련을 잘 따라왔기 때문이다. 가장 효과적인 교육 방법은 지도자가 교육생과 동일한 훈련을 소화하는 것이다. 그렇게 가르쳤기 때문에 학생들이 얼마나 힘들었을지 누구보다 잘 알고 있다. 그런 훈련을 따라오는 학생들을 보면 고맙다가도 펜싱 때문에 펜싱 외적인 생활이 힘들지는 않은지 염려가 들기도 한다.

내게 있어 펜싱은 다른 무엇과도 바꿀 수 없는 것이지만 학생들에게도 펜싱이 1순위가 되기를 바라지 않는다. 학생들이 펜싱부 활동을 통해 배우길 바라는 것은 노력과 성실한 태도의 가치다. 나아가 그런 태도로 삶을 살아가며 인생을 걸어볼 만한 자기만의 무언가를 찾게 되길 바란다. 그것이 내겐 펜싱이었다. 펜싱을 하는 내내 나는 행복하다. 학생들 역시 자신만의 무언가로 인해 행복하길 진심으로 바란다.

이런 생각을 하며 새벽 1시까지 게임을 뛰고 있는 부원들을 보면 나도 모르게 어른들에게 들었던 말이 불쑥 튀어나온다.

"집에 일찍 일찍 다녀라. 공부 열심히 하고."

성을 무너뜨리고 다시 쌓아 올리다 보면

나는 독특한 방식으로 펜싱을 배웠다. 우리나라 대부분의 클럽이나 엘리트 학교에서는 '기술'이란 걸 배운다. 여기서 말하는 기술이란 대부분 공격 동작인데, 예를 들면 이런 것이다.

프레파라숑(손을 좌우로 흔든다) → 갸르뜨에 칼을 준다 → 상대가 칼을 막으면 데가제로 식스를 찌른다.

나는 이런 패턴화된 동작을 배운 적이 없다. 내가 배운 건 펜싱에 통용되는 몇 가지 원칙과 원리들, 게임 운영과 전술, 그리고 승부에 관한 것이었다. 따라서 게임을 할 때면 언제나 새로웠다. 그때그때 원리와 상황에 맞는 동작을 생각해내고 실행했기 때문이다.

요즘 들어서는 패턴화된 동작, 즉 기술의 필요성을 느끼고 있다. 게임의 효율을 위해서다. 게임 수준이 높아질수록 생각하지 않고 몸으로 바로 움직여야 하는 순간이 늘어난다. 이때 기술은 효율적이다. 특정 상황이 됐을 때 생각하지 않고 움직일 수 있기 때문이다.

기술은 효율적이다. 이미 패턴화되어 있기 때문에 생각할 필요가 없기 때문이다. 성적을 내기도 좋다. 우리나라 중·고등부 선수들의 펜싱이 비슷해 보이는 건 그래서일 것이다. 대회장에 가면 똑같은 타이밍에 똑같은 마르쉐, 마르쉐, 팡트를 쏘는 걸 볼 수 있다. 중학생, 고등학생에게 가장 중요한 건 다음 학교로의 진학이다. 즉, 당장 성적을 내야 한다. 결국 모두가 똑같은 방법을 하게 되는데, 그중에 더 빠르고 힘센 선수, 혹은 생각이 더 트인 친구들이 다음 단계로 올라가게 된다.

그렇다고 이런 방식을 부정적으로만 볼 수는 없다. 나는 우리나라 펜싱 인구가 적은데도 성적이 좋은 건 이런 교육 방식 덕분이라고 생각한다. 똑같은 방식을 배우는 와중에 걸러진 친구들, 그 친구들은 한국 펜싱의 효율성과 자신만의 생각을 갖춘 선수들(국가대표)이다. 자기만의 생각이 있는 데다 기술까지 좋으니 외국 선수들 입장에선 난감할 것이다.

원리를 알려주는 교육 방식은 어떨까.

언젠가 다른 코치님에게 레슨을 받은 적이 있다. 그때 왜 프레파라숑을 할 때 손을 좌우로 흔드냐고 여쭤보았다. 코치님은 그런 질문이 생소한 눈치였다. 당시 나는 어린 선수들을 보며 저 선수들은 어떻게 어린 나이에 저런 동작들을 다 이해하고 하는 걸까 고민하고 있었다. 코치님의 태도에서 내 의문은 풀렸다. 대부분의 선수들은 별다른 생각 없이, 의문 없이 배운대로 동작을 수행하고 있었다.

이건 마치 수학 교육과 같다. 근의 공식이 만들어진 원리를 몰라도 근의 공식을 외우고 있으면, 공식을 적용해 문제를 풀 수 있다. 그것도 누구보다 빠르게. 수학 문제를 푸는데 공식의 원리를 알 필요는 없다.

그렇다면 왜 원리를 배워야 할까. 문제는 적용력이다. 나는 올해 꽤 많은 해외 대회를 나갔는데 그 경험을 통해 다른 선수들로부터 많은 걸 흡수했다. 그건 내가 그들의 동작을 이해할 수 있기 때문이다. 왜 저렇게 행동하고 왜 저 행동이 득점으로 이어지는지, 그걸 분석할 수 있기 때문이다. 유튜브 동영상을 봐도 마찬가지다.

반면 패턴화된 기술을 가지고 있지 않다는 건 항상성이 부족하다는 말과도 같다. 내가 무엇을 하는지 정확히 인지하고 하지 않기 때문에 변동성이 크다. 게임 때마다, 시합 때마다 처음부터 성을 다시 짓는 셈이다. 그러나 그렇게 성을 무너뜨리고 짓다 보면 고유한 어떤 것, 무너지지 않고 단단한 무언가가 남을 것이다.

요즘 나는 내 펜싱을 돌아보고 불필요한 동작을 덜어내고 나에게 필요한 부분만을 남기고 있다. 혹은 지금까지의 경험을 토대로 새로운 움직임을 만들어보고 있다. 앞으로도 그럴 것이다. 이 과정이 있기 때문에 나는 계속해서 발전할 수 있다.

그렇게 해서 남겨진 부분이 나의 펜싱이 될 것이고, 그 중 패턴화된 동작이 이른바 기술이 될 것이다. 그리고 이 기술은 내가 만들어냈기 때문에, 나의 것이다. 마르쉐에서 앞발을 움직이는 방법에도 나의 생각이 담겨 있다.

어린 선수들의 깔끔한 펜싱을 부러워한 적이 있다. 그들은 나와 뭔가 달라보였다. 이제는 알고 있다. 다만 그들은 그런 방식으로 배운 것이다. 패턴화된 동작만을 배웠기 때문에 깔끔할 수밖에 없었던 것이다. 그렇게 배운 후 자기만의 생각과 동작을 더해 강해진 선수도 있고 거기에서 멈춘 선수도 있을 것이다.

나는 다른 방식으로 강해졌다. 이제 불필요한 부분을 덜고 나면 선명한 펜싱을 하게 될 것이다. 처음부터 그것만을 배운 데서 오는 깔끔함과 나에게 필요한 것만을 남겨놓은 선명함 사이의 거리는 지구와 달 사이의 거리만큼 멀다. 그러나 옳은 방식이 있는 건 아니다. 펜싱 선수는 각자 다른 방식으로 강해진다. 강한 방법이 있는 게 아니라, 강한 선수가 있을 뿐이다.

잘 살기 위한 단 하나의 규칙

김성렬 선생님의 『니케의 미소를 보았는가』라는 책에는 다음과 같은 대목이 나온다.

> 규칙은 필요에 의해서 만들어지는 것이다. 하지만 지켜야 할 규칙이 많으면 지키기 어렵다. 나는 두 개의 규칙만 분명하게 말하겠다. 주어진 환경과 여건의 테두리 안에서 선수는 성실하게 훈련을 해서 자신의 성장을 도모해야 한다. 그리고 생활과 인간관계를 잘 유지하고 관리하기 위해서 우리가 하는 약속은 반드시 지켜야 한다. 너희가 지켜야 할 규칙은 이것뿐이다.[*]

나는 가끔 이 글을 떠올리며 훈련은 약속 안에 들어가는 것 아닌가, 그렇다면 두 개의 규칙을 '약속을 지킨다'는 하나의 규칙으로 요약할 수 있지 않을까 생각하

[*] 김성렬, 『니케의 미소를 보았는가』, 이상미디어, 2012

123

곤 했다. 그리고 그 원칙에 따라 꼭 훈련 시간과 양을 지키고자 했다. 그러나 어느 순간 삶이 헝클어지는 기분을 느꼈는데, 그것은 다시 말해 내 앞에 산재한 일들을 내가 컨트롤 할 수 없다는 느낌이었다. 그러한 느낌은 대개 내가 누군가와의 약속을 지키지 못하는 데서, 스케줄을 잘 관리하지 못하는 데서 발생했다.

삶과 펜싱은 분리해서 생각할 수 없다. 삶이 헝클어졌을 때, 생활이 어지러울 때 성실히 훈련하기란 요원한 일이다.

나는 잘 살고 싶다. 펜싱을 잘하고 싶은 만큼 잘 살고 싶다. 내가 생각하는 잘 사는 것은 가족과 연인, 친구들과 원만한 관계를 유지하고 그들과 밀도 높은 시간을 보내는 것이다. 펜싱만 잘하고 생활이 무너진 삶은 다소 한심할 것이다. 그리고 사실 생활이 무너졌는데 펜싱을 잘한다는 건 모순일 수 있다.

잘 살고 싶다. 그러기 위해서는 약속을 지켜야 한다. 약속을 지키기 위해서는 시간 관리를 잘해야 한다. 내

시간은 오롯이 나에게만 주어진 것이 아니다. 우리의
시간은 우리가 사랑하는 사람들의 시간과 얽혀 있다.

능동성은 기술이 아니다

사람들이 '일찍 일어나는 법'을 찾는 이유는 알람을 듣고 어떻게 신체를 일으키는지 기능적인 부분을 몰라서가 아니다. 일어나는 법은 단순하다. 눈을 뜨고 침대에서 일어나면 된다. 즉, 우리는 신체 기능의 문제로 일찍 일어나지 못하는 게 아니다.

펜싱에서도 마찬가지다. 초보자가 '상대를 어떻게 밀고 갈 수 있나요?'라고 물었을 때 지도자는 이렇게 답변한다.

"거리를 유지하고 칼을 치면서 상대 콩트르아탁(Contre-attaque)*을 배제하고 쏘는 척을 하세요."

그러나 이러한 답변은 숙련자에게는 유효하지 않다.

* 　상대의 최초 공격에 대하여 행하는 단순 또는 복합 역공격

숙련자는 이미 이 모든 동작과 기술을 할 수 있기 때문이다. 숙련자에게 '상대를 어떻게 미는가' 혹은 '어떻게 포인트 엉 린느 동작으로 찌르는가'와 같은 문제는 기술의 문제가 아니다. 그보다는 심리적인 영역의 문제라고 할 수 있다.

어릴 적 체육 시간에 뜀틀 넘기를 해본 적이 있을 것이다. 내가 뜀틀 넘기를 처음 했을 땐 뜀틀 앞까지 달려가다가 나도 모르게 멈춰섰다. 손을 짚는 데 성공하더라도 넘지 못하고 넘어지기 일쑤였다. 그러나 그걸 하루 종일 반복하면, 아침에는 넘지 못했던 높이를 저녁에는 넘게 된다. 단 하루 만에 운동 능력이 드라마틱하게 상승이라도 한 걸까? 아니다. 능력은 이미 갖춰져 있었다. 중요한 것은 심리적인 장벽을 뛰어넘는 것이다.

한 발을 내딛는 것. 그걸 못하는 이유는 기능적인 문제가 아니다. 해보지 않았기 때문에 두려운 것이다. 막상 하면, 해보면, 실패를 반복하고 얻어 맞다 보면, 할 수 있게 된다. 그리고 그때 느끼는 자유로움은 엄청나다. 두려움 너머에 굉장한 즐거움이 있다.

중요한 것은 이러한 심리적인 부분 역시 훈련할 수 있다는 것이다. 그 방법은 실수와 실패를 반복하는 것이다. 펜싱에서 실수해봤자 돌아오는 최악의 결과는 무엇인가? 기껏해야 1점을 잃는 것이다. 팔다리가 다치거나 다시는 게임을 하지 못하게 되거나 금전적인 손실을 보는 것이 아니다. 리턴 리스크가 0에 가깝다. 그러니 연습에서 마음껏 실수하고 실패해도 좋다.

할 수 있다는 점을 스스로 알게 되면 꽤 큰 즐거움이 되어 돌아온다. 대회는 연습과 다르지 않냐고? 칼을 놓지 않는 한 대회는 계속된다. 오늘 대회에서 쌓은 경험은 다음 대회에서 한 발 더 내딛을 수 있는 디딤돌이 되어줄 것이다. 그리고 연습과는 비교도 할 수 없을 만큼 커다란 즐거움으로 돌아올 것이다.

펜싱 선수가 경기 중간에
신발끈을 묶는 이유

플뢰레를 하던 선수에게 에페를 시켜보면 칼을 뻗어 동시타를 찔러야 하는 순간마다 칼을 막는 것을 볼 수 있다. 반대로 에페 선수에게 플뢰레를 시키면 우선권이 없을 때도 칼을 뻗어 콩트르아탁을 하곤 한다. 이런 실수를 컨트롤하고자 하지만, 생각할 틈이 없는 상황에서는 본능적으로 그러한 행동이 나온다. 특정 상황에 대한 동작이 자동화되어 있기 때문이다.

반복 훈련의 목표는 이처럼 동작이 생각을 거치지 않고 나올 수 있도록 만드는 것이다. 그런데 사람들은 펜싱을 '몸으로 하는 체스'라고 말하곤 한다. 펜싱이 체스라면 '생각'을 해야 한다는 뜻일 텐데, 언제 생각을 사용하고 언제 사용하지 말아야 할까?

기술은 생각을 거치지 않고 나와야 한다. 그 정도로 숙달되지 않은 기술은 실전에서 사용하기 어렵다. 타이밍이란 아차 싶은 순간에 지나가기 때문이다. 노래방에서 노래를 부를 때 화면에 나오는 '하나, 둘, 셋' 신호를 보고 노래를 시작하려고 하면 막상 박자가 어긋나는 것과 같은 이치다.

그렇다면 상황 판단, 즉 전술적인 부분은 어떨까? 한때 이 부분이 의식을 사용해야 하는 영역이라고 생각했다. 그런데 이런 생각에 대해 나의 선생님께서는 다른 대답을 주셨다.

상황 분석에 이은 판단도 생각 없이 나와야 한다는 것이다. 상황 판단 역시 흐름에 맡기면 생각 없이 이루어진다. 기술과 마찬가지로 전술 판단도 상황을 범주화시켜(개념화) 반복하다 보면 무의식화할 수 있다는 말씀이었다. 빠라드 리포스트를 수도 없이 연습하면 자동으로 몸이 반응하는 것처럼, 피스트 끝에서 공격하는 상황을 반복해서 연습하면 해당 공간 상황에서 맞는 판단을 자동으로 할 수 있다는 것이다.

그렇다면 대체 언제 생각해야 할까? 선생님의 말씀은

이렇다. 무의식적으로 이루어지던 판단과 행동이 실효성이 없을 때. 즉, 판단을 수정해야 할 때 의식을 사용해야 한다는 것이다. 선수들이 게임 중간에 칼을 편다거나 신발끈을 묶고, 바지 무릎 부분을 정리하는 걸 본 적이 있을 것이다. 이때 선수들은 생각한다. 무엇이 잘못되었는지 생각하고 그것을 수정하는 것이다.

즉, 의식과 무의식을 사용해야 하는 '영역'이 구분되어 있는 것이 아니라 의식과 무의식을 사용하는 적합한 '때'가 있는 것이다.

과정이냐 결과냐. 이 진부한 질문에 대해
나는 과정의 손을 들어주고 싶다. 의미 있
는 결과, 그러니까 목표로 삼을만한 목표
는 역설적으로 목표 자체가 아닌 과정에
집중할 때 달성 가능하다고 생각하기 때문
이다. 예를 들어 세계 최고의 검객 되기나
불후의 시 쓰기 등이 그렇다. 이런 것들은
하루하루 더 나은 칼을 휘두르고 한 사람
에게 더 깊이 닿기 위해 키보드를 두드릴
때 어느 순간 선물처럼 주어지는 것이다.
마치 방학 일기처럼. 개학 전 몰아서 쓰는
방학 일기는 헛것이다. 진정한 방학 일기
는 매일매일을 꾸준히 기록할 때 완성된
다. 그러니까 나는 방학일기주의자라고 할
수 있다. 내게 주어진 것은 백 년 동안의
방학이다.

무언가를 사랑하는 일

청량리역을 생각하고 있다.

청량리역에서 출발한 기차를 타고 도착했던 제천역을 생각하고 있다.

그날은 비가 많이 왔다. 외갓집은 제천역에서 10분 거리에 있었고 나는 비를 맞으며 걸었다. 비를 맞으며 걷는 동안 나는 무언가를 참고 있는 기분이었다.

외갓집에는 방이 세 칸 있었다. 그중 하나에 환자용 침대를 들여놓았다. 침대 위에 엄마가 누워 계셨다. 제천에서 태어나신 엄마는 오랜 시간이 지나 어린 시절을 보냈던 그 집으로, 그 방으로 돌아와 누워 계셨다.

나는 젖은 몸으로 엄마 앞에 앉아 오열했다. 엄마는

그런 내게 '누가 보면 엄마 돌아가신 줄 알겠다….' 그런 말씀을 하셨다.

당시 엄마는 오랜 병원 생활 끝에 고향에 돌아와 몸을 회복하고 계셨다. 펜싱을 하고 싶던 나는 서울과 제천을 오가며 운동과 간병을 병행했다.

그때 나의 감정이 그런 상황에서도 펜싱을 하려는 나에 대한 죄책감이었는지, 자기연민이었는지, 엄마의 병과 반복된 수술에서 비롯된 슬픔이었는지, 다가오는 시간에 대한 두려움이었는지, 아니면 그 모든 것이었는지 지금도 모르겠다.

무언가를 사랑한다는 건 애달픈 일이라는 생각을 한다.

엄마가 드시고 싶어 하셨던 청포도를 생각한다.
내가 세상에 내는 첫 책의 마지막은 이런 이야기여야 할 것 같다.

읽어주신 모든 분에게
언제나 사랑이 함께 하길 바라며

플로레

칼끝에서 피어난 마음

초판 1쇄 발행 2024년 6월 20일

지은이   김민성

펴낸이   김재원, 이준형
디자인   *Hye*

펴낸곳   비욘드날리지 주식회사
출판등록   제2023-0001117호
E-Mail   admin@tappik.co.kr

ⓒ 김민성

ISBN 979-11-984966-9-0 (03810)